Contos Gauchescos

João Simões Lopes Neto

Equipe DCL – Difusão Cultural do Livro

DIRETOR EDITORIAL: Raul Maia

Equipe Eureka Soluções Pedagógicas

REVISÃO DE TEXTOS: Joana Carda Soluções Editoriais

Texto em conformidade com as novas regras ortográficas do Acordo da Língua Portuguesa

Dados Internacionais de Catalogação na Publicação (CIP)
(Câmara Brasileira do Livro, SP, Brasil)

Lopes Neto, João Simões, 1865-1916.
Contos gauchescos / seleção Dionísio Toledo. -- São Paulo : DCL, 2013. -- (Clássicos literários)

ISBN 978-85-368-1627-2

1. Contos brasileiros I. Título. II. Série.

13-01035 CDD-869.93

Índices para catálogo sistemático:

1. Contos : Literatura brasileira 869.93

Impresso na Índia

Editora DCL – Difusão Cultural do Livro
(11) 3932-5222
www.editoradcl.com.br

Sumário

Patrício, apresento-te Blau, o vaqueano.

– Eu tenho cruzado o nosso Estado em caprichoso zigue-zigue. Já senti a ardentia das areias desoladas do litoral; já me recreei nas encantadoras ilhas da lagoa Mirim; fatiguei-me na extensão da coxilha de Santana; molhei as mãos no soberbo Uruguai; tive o estremecimento do medo nas ásperas penedias do Caverá; já colhi malmequeres nas planícies do Saicã, oscilei sobre as águas grandes do Ibicuí; palmilhei os quatro ângulos da derrocada fortaleza de Santa Tecla, pousei em São Gabriel, a forja rebrilhante que tantas espadas valorosas temperou, e, arrastado no turbilhão das máquinas possantes, corri pelas paragens magníficas de Tupaceretã, o nome doce, que no lábio ingênuo dos caboclos quer dizer os campos onde repousou a mãe de Deus...

– Saudei a graciosa Santa Maria, fagueira e tranquila na encosta da serra, emergindo do verde-negro da montanha copada o casario, branco, como um fantástico algodoal em explosão de casulos.

– Subi aos extremos do Passo Fundo, deambulei para os cumes da Lagoa Vermelha, retrovim para a merencória Soledade, flor do deserto, alma risonha no silêncio dos ecos do mundo; cortei um formigueiro humano na zona colonial.

– Da digressão longa e demorada, feita em etapas de datas diferentes, estes olhos trazem ainda a impressão vivaz e maravilhosa da grandeza, da uberdade, da hospitalidade.

– Vi a colmeia e o curral; vi o pomar e o rebanho, vi a seara e as manufaturas; vi a serra, os rios, a campina e as cidades; e dos rostos e das auroras, de pássaros e de crianças, dos sulcos do arado, das águas e de tudo, estes olhos, pobres olhos condenados à morte, ao desaparecimento, guardarão na retina até o último milésimo da luz, a impressão da visão sublimada e consoladora: e o coração, quando faltar ao ritmo, arfará num último esto para que a raça que se está formando, aquilate, ame e glorifique os lugares e os homens dos nossos tempos heroicos, pela integração da Pátria comum, agora abençoada na paz.– E, por circunstâncias de caráter pessoal, decorrentes da amizade e da confiança, sucedeu que foi meu constante guia. e segundo o benquisto tapejara Blau Nunes, desempenado arcabouço de oitenta e oito anos, todos os dentes, vista aguda e ouvido fino, mantendo o seu aprumo de furriel farroupilha, que foi, de Bento Gonçalves, e de marinheiro improvisado, em que deu baixa, ferido, de Tamandaré.

Fazia-me ele a impressão de um perene tarumã verdejante, rijo para o machado e para o raio, e abrigando dentro do tronco cernoso enxames de abelhas, nos galhos ninhos de pombas...

Genuíno tipo– crioulo– rio-grandense (hoje tão modificado), era Blau o guasca sadio, a um tempo leal e ingênuo, impulsivo na alegria e na temeridade, precavido, perspicaz, sóbrio e infatigável; e dotado de uma memória de rara nitidez brilhando através de imaginosa e encantadora loquacidade servida e floreada pelo vivo e pitoresco dialeto gauchesco.

E, do trotar sobre tantíssimos rumos; das pousadas pelas estâncias; dos fogões a que se aqueceu; dos ranchos em que cantou, dos povoados que atravessou; das cousas que ele compreendia e das que eram-lho vedadas ao singelo entendimento; do pelo a pelo com os homens, das erosões da morte e das eclosões da vida, entre o Blau – moço, militar – e o Blau – velho, paisano –, ficou estendida uma longa estrada semeada de recordações – casos, dizia –, que de vez em quando o vaqueano recontava, como quem estende, ao sol, para arejar, roupas guardadas ao fundo de uma arca.

Querido digno velho!

Saudoso Blau!

Patrício, escuta-o.

TREZENTAS ONÇAS

– Eu tropeava nesse tempo. Duma feita que viajava de escoteiro, com a guaiaca empanzinada de onças de ouro, vim varar aqui neste mesmo passo, por me ficar mais perto da estância da Coronilha, onde devia pousar.

Parece que foi ontem!... Era por fevereiro; eu vinha abombado da troteada.

– Olhe, ali, na restinga, à sombra daquela mesma reboleira de mato, que está nos vendo, na beira do passo, desencilhei; e estendido nos pelegos, a cabeça no lombilho, com o chapéu sobre os olhos, fiz uma sesteada morruda.

Despertando, ouvindo o ruído manso da água tão limpa e tão fresca rolando sobre o pedregulho, tive ganas de me banhar; até para quebrar a lombeira… e fui-me à água que nem capincho!

Debaixo da barranca havia um fundão onde mergulhei umas quantas vezes; e sempre puxei umas braçadas, poucas, porque não tinha cancha para um bom nado.

E solito e no silêncio, tornei a vestir-me, encilhei o zaino e montei.

Daquela vereda andei como três léguas, chegando à estância cedo ainda, obra assim de braça e meia de sol.

– Ah!…Esqueci de dizer-lhe que andava comigo um cachorrinho brasino, um cusco mui esperto e boa vigia. Era das crianças, mas às vezes dava-me para acompanhar-me, e depois de sair a porteira, nem por nada fazia cara-volta, a não ser comigo. E nas viagens dormia sempre ao meu lado, sobre a ponta da carona, na cabeceira dos arreios.

Por sinal que uma noite...

Mas isso é outra cousa; vamos ao caso.

Durante a troteada bem reparei que volta e meia o cusco parava-se na estrada e latia e corria pra trás, e olhava-me, olhava-me, e latia de novo e troteava um pouco sobre o rastro; – parecia que o bichinho estava me chamando!... Mas como eu ia, ele tornava a alcançar-me, para daí a pouco recomeçar.

– Pois, amigo! Não lhe conto nada! Quando botei o pé em terra na ramada da estância, ao tempo que dava as boas-tardes ao dono da casa, aguentei um tirão seco no coração... não senti na cintura o peso da guaiaca!

Tinha perdido trezentas onças de ouro que levava, para pagamento de gados que ia levantar.

E logo passou-me pelos olhos um clarão de cegar, depois uns coriscos tirante a roxo... depois tudo me ficou cinzento, para escuro...

Eu era mui pobre – e ainda hoje, é como vancê sabe...–; estava começando a vida, e o dinheiro era do meu patrão, um charqueador, sujeito de contas mui limpas e brabo como uma manga de pedras...

Assim, de meio assombrado me fui repondo quando ouvi que indagavam:

– Então, patrício, está doente?

– Obrigado! Não senhor, respondi, não é doença; É que sucedeu-me uma desgraça: perdi uma dinheirama do meu patrão...

– A la fresca!...

– É verdade... antes morresse, que isto! Que vai ele pensar agora de mim!...

– É uma dos diabos, é..., mas não se acoquine, homem!

Nisto o cusco brasino deu uns pulos ao focinho do cavalo, como querendo lambê-lo, e logo correu para a estrada, aos latidos. E olhava-me, e vinha e ia, e tornava a latir...

Ah!... E num repente lembrei-me bem de tudo.

Parecia que estava vendo o lugar da sesteada, o banho, a arrumação das roupas nuns galhos de sarandi, e, em cima de uma pedra, a guaiaca e por cima dela o cinto das armas, e até uma ponta de cigarro de que tirei uma última tragada, antes de entrar na água, e que deixei espetada num espinho, ainda fumegando, soltando uma fitinha de fumaça azul, que subia, fininha e direita, no ar sem vento...; Tudo, vi tudo.

Estava lá, na beirada do passo, a guaiaca. E o remédio era um só: tocar a meia-rédea, antes que outros andantes passassem.

Num vu estava a cavalo; e mal isso, o cachorrinho pegou a retouçar, numa alegria, ganindo– Deus me perdoe!– que até parecia fala.

E dei de rédea, dobrando o cotovelo do cercado.

Ali logo frenteei com uma comitiva de tropeiros, com grande cavalhada por diante, e que por certo vinha tomar pouso na estância. Na cruzada nos tocamos todos na aba do sombreiro; uns quantos vinham de balandrau enfiado. Sempre me deu uma coraçonada para fazer umas perguntas... mas engoli a língua.

Amaguei o corpo e penicando de esporas, toquei a galope largo.

O cachorrinho ia ganiçando, ao lado, na sombra do cavalo, já mui comprida.

A estrada estendia-se deserta; à esquerda os campos desdobravam-se a perder de vista, serenos, verdes, clareados pela luz macia do sol morrente, manchados de pontas de gado que iam se arrolhando nos paradouros da noite; à direita, o sol, muito baixo, vermelho-dourado, entrando em massa de nuvens de beiradas luminosas.

Nos atoleiros, secos, nem um quero-quero: uma que outra perdiz, sorrateira, piava de manso por entre os pastos maduros; e longe, entre o resto da luz que fugia de um lado e a noite que vinha, peneirada, do outro, alvejava a brancura de um joão-grande, voando, sereno, quase sem mover as asas, como numa despedida triste, em que a gente também não sacode os braços...

Foi caindo uma aragem fresca; e um silêncio grande, em tudo.

O zaino era um pingaço de lei; e o cachorrinho, agora sossegado, meio de banda, de língua de fora e de rabo em pé, troteava miúdo e ligeiro dentro da polvadeira rasteira que as patas do flete levantavam.

E entrou o sol; ficou nas alturas um clarão afogueado, como de incêndio num pajonal; depois o lusco-fusco; depois; cerrou a noite escura; depois, no céu, só estrelas..., só estrelas...

O zaino atirava o freio e gemia no compasso do galope, comendo caminho. Bem por cima da minha cabeça as Três-Marias tão bonitas, tão vivas, tão alinhadas, pareciam me acompanhar..., lembrei-me dos meus filhinhos, que as estavam vendo, talvez; lembrei-me da minha mãe, de meu pai, que também as viram, quando eram crianças e que já as conheceram pelo seu nome de Marias, as Três-Marias.

– Amigo! Vancê é moço, passa a sua vida rindo...; Deus o conserve!..., sem saber nunca como é pesada a tristeza dos campos quando o coração pena!...

– Há que tempos eu não chorava!... Pois me vieram lágrimas..., devagarinho, como gateando, subiram... tremiam sobre as pestanas, luziam um tempinho... e ainda quentes, no arranco do galope lá caíam elas na polvadeira da estrada, como um pingo d'água perdido, que nem mosca nem formiga daria com ele!...

Por entre as minhas lágrimas, como um sol cortando um chuvisqueiro, passou-me na lembrança a toada dum verso lá dos meus pagos:

Quem canta refresca a alma,
Cantar adoça o sofrer;
Quem canta zomba da morte:
Cantar ajuda a viver!...
Mas que cantar, podia eu!...

O zaino respirou forte e sentou, trocando a orelha, farejando no escuro: o bagual tinha reconhecido o lugar, estava no passo.

Senti o cachorrinho respirando, como assoleado. Apeei-me.

Não bulia uma folha; o silêncio, nas sombras do arvoredo, metia respeito... que medo, não, que não entra em peito de gaúcho.

Embaixo, o rumor da água pipocando sobre o pedregulho; vaga-lumes retouçando no escuro. Desci, dei com o lugar onde havia estado; tenteei os galhos do sarandi; achei a pedra onde tinha posto a guaiaca e as armas; corri as mãos por todos os lados, mais pra lá, mais pra cá...; Nada! Nada!...

Então, senti frio dentro da alma..., o meu patrão ia dizer que eu o havia roubado!... Roubado!... Pois então eu ia lá perder as onças!... Qual! Ladrão, ladrão, é que era!...

E logo uma tenção ruim entrou-me nos miolos: eu devia matar-me, para não sofrer a vergonha daquela suposição.

É; era o que eu devia fazer: matar-me... e já, aqui mesmo!

Tirei a pistola do cinto; armei-lhe o gatilho..., benzi-me, e encostei no ouvido o cano, grosso e frio, carregado de bala...

– Ah, Patrício! Deus existe!...

No refilão daquele tormento, olhei para diante e vi... as Três-Marias luzindo na água... o cusco encarapitado na pedra, ao meu lado, estava me lambendo a mão... e logo, logo, o zaino relinchou lá em cima, na barranca do riacho, ao mesmíssimo tempo que a cantoria alegre de um grilo retinia ali perto, num oco de pau!...

– Patrício! Não me avexo duma heresia; mas era Deus que estava no luzimento daquelas estrelas, era ele que mandava aqueles bichos brutos arredarem de mim a má tenção...

O cachorrinho tão fiel lembrou-me a amizade da minha gente; o meu cavalo lembrou-me a liberdade, o trabalho, e aquele grilo cantador trouxe a esperança...

Eh-pucha! Patrício, eu sou mui rude... a gente vê caras, não vê corações...; pois o meu, dentro do peito, naquela hora, estava como um espinilho ao sol, num descampado, no pino do meio-dia: era luz de Deus por todos os lados!...

E já todo no meu sossego de homem, meti a pistola no cinto. Fechei um baio, bati o isqueiro e comecei a pitar.

E fui pensando. Tinha, por minha culpa, exclusivamente por minha culpa, tinha perdido as trezentas onças, uma fortuna para mim. Não sabia como explicar o sucedido, comigo, acostumado a bem cuidar das cousas. Agora... era vender o campito, a ponta de gado manso – tirando umas leiteiras para as crianças e a junta dos jaguanés lavradores – vender a tropilha dos colorados... e pronto! Isso havia de chegar, folgado; e caso mermasse a conta..., enfim, havia se ver o jeito a dar... Porém matar-se um homem, assim no mais... e chefe de família... isso, não!

E d'espacito vim subindo a barranca; assim que me sentiu o zaino escarceou, mastigando o freio.

Desmaneei-o, apresilhei o cabresto; o pingo agarrou a volta e eu montei, aliviado. O cusco escaramuçou, contente; a trote e galope voltei para a estância. Ao dobrar a esquina do cercado enxerguei luz na casa;

a cachorrada saiu logo, acuando. O zaino relinchou alegremente, sentindo os companheiros; do potreiro outros relinchos vieram.

Apeei-me no galpão, arrumei as garras e soltei o pingo, que se rebolcou, com ganas.

Então fui para dentro: na porta dei o – Louvado seja Jesus Cristo; boa noite! – e entrei, e comigo, rente o cusco. Na sala do estancieiro havia uns quatro paisanos; era a comitiva que chegava quando eu saía; corria o amargo.

Em cima da mesa a chaleira, e ao lado dela, enroscada, como uma jararaca na ressolana, estava a minha guaiaca, barriguda, por certo com as trezentas onças, dentro.

– Louvado seja Jesu-Cristo, patrício! Boa noite! Entonces, que tal le foi de susto?...

E houve uma risada grande de gente boa.

Eu também fiquei-me rindo, olhando para a guaiaca e para o guaipeva, arrolhadito aos meus pés...

O NEGRO BONIFÁCIO

Se o negro era maleva? Cruz! Era um condenado!... mas, taura, isso era, também!

Quando houve a carreira grande, do picaço do major Terêncio e o tordilho do Nadico (filho do Antunes gordo, um que era rengo), quando houve a carreira, digo, foi que o negro mostrou mesmo pra o que prestava...; mas foi caipora.

Escuite.

A Tudinha era a chinoca mais candongueira que havia por aqueles pagos. Um cajetilha da cidade duma vez que a viu botou-lhe uns versos mui lindos– pro caso– que tinha um que dizia que ela era uma “........................ .... chinoca airosa, Lindaça como o sol, fresca como uma rosa!...

E o sujeito quis retouçar, porém ela negou-lhe o estribo, porque já trazia mais de quatro pelo beiço, que eram dali, da querência, e aquele tal dos versos era teatino...

Alta e delgada, parecia assim um jerivá ainda novinho, quando balança a copa verde tocada de leve por um vento pouco, da tarde. Tinha os pés pequenos e as mãos mui bem torneadas; cabelo cacheado, as sobrancelhas finas, nariz alinhado.

Mas o rebenqueador, o rebenqueador..., eram os olhos!...

Os olhos da Tudinha eram assim a modo olhos de veado-virá, assustado: pretos, grandes, com luz dentro, tímidos e ao mesmo tempo haraganos... pareciam olhos que estavam sempre ouvindo.., ouvindo mais, que vendo...

Face cor de pêssego maduro; os dentes brancos e lustrosos como dente de cachorro novo; e os lábios da morocha deviam ser macios como treval, doces como mirim, frescos como polpa de guabiju...

E apesar de arisca, era foliona e embuçalava um cristão, pelo só falar, tão cativo...

No mais, buenaça, sem entono; e tinha de que, porque corria à boca pequena que ela era filha do capitão Pereirinha, estancieiro, que só ali, nos Guarás, tinha mais de não sei quantas léguas de campo de lei, povoado, O certo é que o posto em que ela morava com a mãe, a sia Fermina, era um mimo; tinha de um tudo: lavoura, boa cacimba, um rodeíto manso; e a Tudinha tinha cavalo amilhado, só do andar dela, e alguma prata nos preparos.

Parecenças, isso, tinha, e não pouco, com a gente do capitão...

O velho, às vezes, ia por lá, sestear, tomar um chimarrão...

Pois para a carreira essa, tinha acudido um povaréu imenso.

E ela veio, também, com a velha. Velha, é um dizer, porque a sia Fermina ainda fazia um fachadão...

E deu o caso que os quatro embeiçados também vieram, e um, o mais de todos, era o Nadico.

E sem ninguém esperar, também apareceu o negro Bonifácio.

É assim que o diabo as arma...

Escuite.

O negro não vinha por ela, não; antes mais por farrear, jogar e beber: ele era um perdidaço pela cachaça, pelo truco e pela taba. E bem montado, vinha, num bagual lobuno rabicano, de machinhos altos, peito de pomba e orelhas finas, de tesoura; mui bem tosado a meio cogotilho, e de cola atada, em três tranças, bem alto, onde canta o galo!...

E na garupa, mui refestelada, trazia uma chirua, com ar de querendona...

Eta! Negro pachola!

De chapéu de aba larga, botado no cocuruto da cabeça e preso num barbicacho de borlas morrudas, passado pelo nariz; no pescoço um lenço colorado, com o nó republicano; na cintura um tirador de couro de lontra debruado de tafetá azul e mais cheio de cortados do que manchas tem um boi salino!

E na cintura, atravessado com entono, um facão de três palmos, de conta.

Na pabulagem, andava sozinho: quando falava, era alto e grosso e sem olhar para ninguém.

Era um governo, o negro!

Ora bem; depois de se mostrar um pouco, o negro apeou a chirua e já meio entropigaitado começou a pastorejar a Tudinha... e tirando-se dos seus cuidados encostou o cavalo rente no dela e aí no mais, sem um –Deus te salve! – sacudiu-lhe um envite para uma paradita na carreira grande. A piguancha relanceou os seus olhos de veado assustado e não se deu por achada; ele repetiu o convite da aposta e ela então – depois explicou – de puro medo aceitou, devendo ganhar uma libra de doces, se ganhasse o tordilho. O tordilho era o do Nadico.

Ficou fechado o trato.

O negro – era ginetaço! – deu de rédea no lobuno, que virou direito, nos dois pés, e já lhe cravou as chilenas, grandes como um pires, e saiu escaramuçando, meio ladeado!

Os quatro brancos se olharam... o Nadico estava esverdeado, como defunto passado...

A Tudinha pegou logo a caturritar, e a cousa foi passando, como esquecida.

Mas, quê!... o negro estava jurado...

Escuite.

Entraram na cancha os parelheiros, todos dois pisando na ponta do casco, mui bem compostos e lindos, de se lavar com um bochecho d'água.

Fizeram as partidas; largaram; correram: ganhou, de fiador, o do Nadico, o tordilho.

Depois rompeu um vozerio, a gente desparramou-se, parecia um formigueiro desmanchado; as parcerias se juntaram, uns pagavam, outros questionavam.... mas tudo se foi arreglando em ordem, porque ninguém foi capaz de apontar mau jogo.

E foi-se tomar um vinho que os donos da carreira ofereceram, como gaúchos de alma grande, principalmente o major Terêncio, que era o perdedor.

E a Tudinha lá foi, de charola.

No barulho das saúdes e das caçoadas, quando todos se divertiam, foi que apareceu aquele negro excomungado, para aguar o pagode. Esbarrou o cavalo na frente do boliche; trazia na mão um lenço de sequilhos, que estendeu a Tudinha: havia perdido, pagava...

A morocha parou em meio um riso que estava rindo e firmou nele uns olhos atravessados, esquisitos, olhos como pra gente que já os conhecesse.., e como sentiu que o caso estava malparado, para evitar o desaguisado, disse:

– Faz favor de entregar à mamãe, sim?!...

O negro arreganhou os beiços, mostrando as canjicas, num pouco caso e repostou:

– Ora, misturada!..., eu sou teu negro, de cambão!... mas não piá da china velha! Toma!

E estendeu-lhe o braço, oferecendo o atado dos doces.

Aqui, o Nadico manoteou e no soflagrante sopesou a trouxinha e sampou com ela na cara do muçum.

Amigo! Virge' nossa senhora!

Num pensamento o negro boleou a perna, descascou o facão e se veio!...

O lobuno refugou, bufando.

Que peleia mais linda!

Vinte ferros faiscaram; era o Nadico, eram os outros namorados da Tudinha e eram outros que tinham contas a ajustar com aquele tição atrevido.

Perto do negro Bonifácio, sentado sobre um barril, sem ter nada que ver no angu, estava um paisano tocando viola: o negro – pra fazer boca, o malvado! – largou-lhe um revés, tão bem puxado, que atorou os dedos do coitado e o encordoamento e afundou o tampo do estrumento!...

Fechou o salseiro. O Nadico mandou a adaga e atravessou a pelanca do pescoço do negro, roçando na veia artéria; o major tocou-lhe fogo, de pistola, indo a bala, de refilão, lanhar-lhe uma perna..., o ventana quadrava o corpo, e rebatia os talhos e pontaços que lhe meneavam sem pena. E calado, estava; só se via no carão preto o branco dos olhos, fuzilando...

Ai!... Foi um grito doido da Tudinha... e já se viu o Nadico testavilhar e cair, aberto na barriga, com a buchada de fora, golfando sangue!...

No meio do silêncio que se fez, o negro ainda gritou:

– Come agora os meus sobejos!...

Depois, roncou, tal e qual como um porco acuado... e então, foi uma cousa bárbara!...

Em quatro paletadas, desmunhecando uns, cortando outros, esgaravatando outros, enquanto o diabo esfrega o olho, o chão ficou estivado de gente estropiada, espirrando a sangueira naquele reduto.

É verdade também que ele estava todo esfuracado: a cara, os braços, a camisa, o tirador, as pernas, tinham mais lanhos que a picanha de um reiuno empacador: mas não quebrava o corincho, o trabuzana!

Aquilo seria por obra dalguma oração forte, que ele tinha, cosida no corpo.

A esse tempo, era tudo um alarido pelo acampamento; de todos os lados chovia gente no lugar da briga.

A Tudinha, agarrada ao Nadico, com a cabeça pousando-lhe no colo, beijando-lhe ela os olhos embaciados e a boca já morrente, ali, naquela hora braba, à vista de todo o mundo e dos outros seus namorados, que se esvaíam, sem um consolo nem das suas mãos nem das puas lágrimas, a Tudinha mostrava mesmo que o seu camote preferido era aquele, que primeiro desfeiteou e cortou o negro, por causa dela...

Foi então que um gaúcho gadelhudo, mui alto, canhoto, desprendeu da cintura as boleadeiras e fê-las roncar por cima da cabeça... e quando ia a soltá-las, zunindo, com força pra rebentar as costelas dum boi manso, e que o negro estava cocando o tiro, de facão pronto pra cortar as sogas... nesse mesmo momento e instante a velha Fermina entrou na roda, e ligeira como um gato, varejou no Bonifácio uma chocolateira de água fervendo, que trazia na mão, do chimarrão que estava chupando...

O negro urrou como um touro na capa...; a rumo no mais avançou o braço, e fincou e suspendeu, levantou a velha, estorcendo-se, atravessada no facão até o esse...; ao mesmo tempo, mandado por pulso de homem um bolaço cantou-lhe no tampo da cabeça e logo outro, no costilhar, e o negro caiu, como boi desnucado, de boca aberta, a língua pontuda, mexendo em tremura uma perna, onde a roseta da chilena Unia, miúdo...

Patrício, escuite!

Vi então o que é uma mulher rabiosa...: não há maneia nem buçal que sujeite: é pior que homem!...

A Tudinha já não chorava, não; entre o Nadico, morto, e a velha Fermina estrebuchando, a morocha mais linda que tenho visto, saltou em cima do Bonifácio, tirou-lhe da mão sem força o facão e vazou os olhos do negro, retalhou-lhe a cara, de ponta e de corte... e por fim, espumando e rindo-se, desatinada – bonita, sempre! – ajoelhou-se ao lado do corpo e pegando o facão como quem finca uma estaca, tateou no negro sobre a bexiga, pra baixo um pouco – vancê compreende?... – e uma, duas, dez, vinte, cinquenta vezes cravou o ferro afiado, como quem espicaça uma cruzeira numa toca... como quem quer estraçalhar uma causa nojenta... como quem quer reduzir a miangos uma prenda que foi querida e na hora é odiada!...

Em roda, a gauchada mirava, de sobrancelhas rugadas, porém quieta: ninguém apadrinhou o defunto.

Nisto um sujeito que vinha a meia-rédea sofrenou o cavalo quase em cima da gente: era o juiz de paz.

Mais tarde vim a saber que o negro Bonifácio fora o primeiro a... a amanonsiar a Tudinha; que ao depois tomara novos amores com outra fulana, uma piguancha de cara chata, beiçuda; e que naquele dia, para se mostrar, trouxera na garupa a novata, às carreiras, só de pirraça, para encanzinar, para tourear a Tudinha, que bem viu, e que apesar dos arrastados de asa daquela moçada e sobretudo do Nadico, que já a convidara para se acolherar com ele, sentira-se picada, agoniada da desfeita que só ela e o negro entendiam bem...; por isso é que ela ficou como cobra que perdeu o veneno... Escuite.

Até hoje me intriga, isto: como uma morena, tão linda, entregou-se a um negro, tão feio?...

Seria de medo, por ele ser mau?... Seria por bobice de inocente?... Por ele ser forçudo e ela, franzina?... Seria por...

Que, de qualquer forma, ela vingou-se, isso, vingou-se...; mas o resto que ela fez no corpo do negro? Foi como um perdão pedido ao Nadico ou um despique tomado da outra, da piguancha beiçuda?...

Ah! mulheres!...

Estancieiras ou peonas, é tudo a mesma cousa... tudo é bicho caborteiro...; a mais santinha tem mais malícia que um sorro velho!...

NO MANANTIAL

– Está vendo aquele umbu, lá embaixo, à direita do coxilhão?

Pois ali é a tapera do Mariano. Nunca vi pêssegos mais bonitos que os que amadurecem naquele abandono; ainda hoje os marmeleiros carregam, que é uma temeridade!

Mais para baixo, como umas três quadras, há uns olhos-d'água, minando as pedras, e logo adiante uns coqueiros; depois pega um cordão de araçazeiros.

Diziam os antigos que ali encostado havia um lagoão mui fundo onde até jacaré se criava.

Eu, desde guri conheci o lagoão já tapado pelos capins, mas o lugar sempre respeitado como um tremedal perigoso: até contavam de um mascate que aí atolou-se e sumiu-se com duas mulas cargueiras e canastras e tudo...

Mais de uma rês magra ajudei a tirar de lá; iam à grama verde e atolavam-se logo, até a papada.

Só cruzam ali por cima as perdizes e algum cusco leviano.

Com certeza que as raízes do pasto e dos aguapés foram trançando uma enrediça fechada, e o barro e as folhas mortas foram-se amontoando e, pouco a pouco, capeando, fazendo a tampa do sumidouro.

E depois nunca deram desgoto na ponta do lagoão, porque, se dessem, a água corria e não se formaria o mundéu...

Mas, onde quero chegar: vou mostrar-lhe, lá, bem no meio do manantial, uma cousa que vancê nunca pensou ver; é uma roseira, e sempre carregada de rosas...

Gente vivente não apanha as flores porque quem plantou a roseira foi um defunto... e era até agouro um cristão enfeitar-se com uma rosa daquelas!...

Mas, mesmo ninguém poderia lá chegar; o manantial defende a roseira baguala: mal um firma o pé na beirada, tudo aquilo treme e bufa e borbulha...

Uns carreteiros que acamparam na tapera do Mariano contaram que pela volta da meia-noite viram sobre o manantial duas almas, uma, vestida de branco, outra, de mais escuro.., e ouviram uma voz que chorava um choro mui suspirado e outra que soltava barbaridades...

Mas como era longe e eles estavam de cabelos em pé... – pois nem os cachorros acuavam, só uivavam... uivavam... – não puderam dar uma relação mais clara do caso.

E o lugar ficou mal-assombrado.

Mas, onde quero chegar: foi assim, como lhe vou contar. Esses campos eram meio sem dono, era uma pampa aberta, sem estrada nem divisa; apenas os trilhos do gado cruzando-se entre aguadas e querências.

A gadaria, não se pode dizer que era alçada: quase toda orelhana, isso sim, mas vivia-se bem, carne gorda sobrava, e potrada linda isso era ao cair do laço.

O Mariano apareceu aqui, diz que vindo de Cima da Sena, corrido dos bugres; uns, porque lhe morrera a mulher da bexiga preta, outros ainda, à boca pequena, que não era por santo que ele mudara de cancha.

Mas fosse como fosse, chegou e arranchou-se.

Trazia para o brigadeiro Machado uma carta que devia ser de gente pesada, porque o brigadeiro tratou-o muito bem e decerto foi com o seu consentimento que ele aboletou-se aqui nos pagos.

Tocava uma carreta de tolda, uma ponta de gado manso e uma quadrilha de ruanos.

De gente, ele, duas velhuscas, uma menina, uns pretos, campeiros e uma negra mina, chamada mãe Tanásia.

A menina era filha dele; das velhas uma era a avó da criança, e a outra, irmã dessa, vinha a ser tia-avó. Ele dava-se por genro da velha, mas não era: havia suspendido com a moça da casa, e depois nunca se proporcionou ocasião de padre para fazer-se o casamento, e o tempo foi passando até que a defunta morreu, ficando a inocente nesse paganismo de não ser filha de casal legítimo... por sacramento. Mas davam-se bem, todos.

O paisano era trabalhador e entendido nas cousas; desde o torrão para os ranchos, e quinchar, madeiras, cercados, lavouras, tudo passou pelas suas mãos. E tanto falquejava um linhote como semeava uma quarta de trigo, e já capava um touro como amanonsiava um bagual.

Quando Maria Altina – era a menina, a filha dele – andava nos dezesseis anos, esse arranchamento era um paraíso: o arvoredo todo crescido e dando; lavouras, criação miúda, de tudo era uma fartura; havia galpões, eira, currais, tafona.

O Mariano e as duas velhas traziam nas palminhas a pequena. Ela era o – ai-jesus! – de todos, até dos negros.

Duma feita que a família foi ao povo, para um terço de muita fama que se rezou na casa do brigadeiro Machado, a Maria Altina fez um fachadão entre a moçada; mas de todos ela tomou-se de camote com um tal André, que era furriel e gauchito teso. Não entro nisto mais pelo miúdo porque não vale a pena de falar nestes chicos pleitos de namoriscos e milongagens de crianças.

Mas segue-se é que na despedida da volta o furriel André deu-lhe uma rosa colorada, com um pé de palmo.... e ela atravessou a flor no seu chapéu de palha, ali no mais, com toda a inocência, à vista de todos.

Cá pra mim havia algum conchavo entre o brigadeiro e o Mariano, porque naquele soflagrante da flor os dois piscaram os olhos um para o outro e riram-se à sorrelfa por debaixo do bigode.

Ah!... O furriel era afilhado e ordenança do galão-largo... e até diziam mais alguma cousa... Vancê entende!...

A comitiva nessa noite pousou no caminho, e a menina deu jeito e arrumou a rosa numa botija com água, para não murchar.

De manhãzita, marcharam; e de chegada em casa, o primeiro cuidado da pécora foi cortar a rosa bem rente do cachimbo e plantar o galho numa terra peneirada e fresquinha.

E tais cuidados deu-lhe que a planta pegou, botando raízes firmes e espigando ramos e folhas; e quando vieram os primeiros botões, ela apanhou-os, fez um ramo todo cheiroso, amarrou-o com a fita dos cabelos e foi prendê-lo no pé da cruz dum Nosso Senhor que estava na frente do oratório.., como quem dá uma prenda, a modo de pagamento de promessa feita!...

Nesse entrementes – cousa arranjada pelo brigadeiro – o furriel pousou em casa do Mariano, de passagem para um destacamento onde ia levar ofícios. Foi um alegrão para todos, mas para a Maria Altina, nem se fala!...

Vancê pense... A paisaninha só teve alma, vida e coração para o moço... ele também estava entregue, de rédea no chão.

Aquela visita trazia água no bico... era o trato de casamento.

Depois que o furriel se foi as velhas pegaram a fazer rendas de bilro e outros preparos do aprontamento da noiva.

A roseira estava em todo o viço: recendia que era um gosto e bordava de vermelho o caniçado da horta, que se via desde longe.

Mas, perto da pomba andava rondando o gavião. Na Restinguinha, obra de um quarto de légua pra lá do Mariano, morava um tal Chico Triste, que tinha filhos como rato, e o mais velho era já homem feito.

Esse, que pro caso chamava-se Chicão, andava mui enrabichado pela Maria Altina.

Ele era um bruto, que só olhava, só queria a Maria Altina – de carne e osso –. Do mais não se lhe dava; não queria saber se a menina era vergonhosa, ou trabalhadeira ou prendada.

Ele só olhava-me para as ancas, e os seios, e para a grossura dos braços; era, – mal comparando –, como um pastor no faro de uma guincha.

A rapariga tinha-lhe quase tanto medo como raiva. Uma vez ele pediu-lhe uma muda da roseira, e ela, sem negar, para não fazer desfeita, disse-lhe que tirasse o que quisesse.

– Mas eu quero é dada pela senhora!...

– Ah! Não!...: Tire o senhor mesmo, a seu gosto...

– Não dá?... pois qualquer dia pico a facão toda essa porcaria!...

E levantou-se e saiu, todo apotrado.

Outras vezes trazia-lhe de presente ovos de perdiz ou ninhadas de mulitas, que ela criava com paciência e logo que podiam manter-se, largava para o campo. Uma ocasião trouxe-lhe um veadinho; ela soltou-o; uns gatos viscachas, soltou-os também.

O Chicão que não via nunca os seus presentes, soube do caso, e, por despique, apanhou uns quantos filhotes de avestruz, e a tirões arrancou-

-lhes – ainda vivos, criatura! – as pernas e as asas, e assim arrebentados e estrebuchando, mandou-os à Maria Altina;... a pobre desatou num pranto de choro, ao ver a malvadez daquele judeu...

Assim estavam as cousas quando o furriel passou e logo depois correu a nova do casamento.

O Chicão espumou de raiva... Levava os cavalos a sofrenaços, os cachorros a arreador, os irmãos a manotaços e até a mãe, com respostas duras.

Só respeitava o pai, o velho Chico, e assim mesmo porque este tinha marca na paleta, mas não era tambeiro...

No dia – véspera da barbaridade, houve na casa do Chico Triste um batizado feito por um padre missioneiro que ia de caminho; a gente do Mariano foi convidada. Nessa noite comeram doces, tocaram viola, cantaram e até dançaram uma tirana e o anu.

Aí o Chicão cargoseou muito a Maria Altina.

A jantarola e o resto do festo iam ser no dia seguinte – que foi o do caso.

Vancê acredita?... Nesta manhã, desde cedo, os pica-paus choraram muito nas tronqueiras do curral e nos palanques... e até furando no oitão da casa;... mais de um cachorro cavoucou o chão, embaixo das carretas;... e a Maria Altina achou no quarto, entre a parede e a cabeceira da cama, uma borboleta preta, das grandes, que ninguém tinha visto entrar...

Sol nado o Mariano e uma das velhas foram para o riste, para dar um ajutório. Os campeiros, como de costume, para os seus serviços, uns de campo, outros lenhar.

Na casa só ficaram, para irem mais tarde, a Maria Altina e a outra velha, que era a avó; e para as duas, debaixo do umbu, dois mancarrões encilhados.

Ficou também a negra mina, que viu tudo e foi quem fez o conto.

A avó estava na cozinha frigindo uns beijus e a Maria Altina na varanda, apenas em saia, arrematava um timãozinho novo.

Na cabeça, como gostava, trazia uma rosa fresca, e que ficava-lhe sempre a preceito no negrume da cabeleira. E garganteava umas coplas que tinha aprendido na véspera, quando dançava a tirana e se divertia. Umas coplas que eram assim... e me lembro, porque quem as botou – para uma outra – foi mesmo este seu criado Matias!...

Quem canta pra tu ouvires
Devia morrer cantando...
Pois quando daqui saíres,
Do cantor vais te olvidando;
E, pode ser que morrendo,
Dele então tu te lembrasses:
Se visses outro defunto,
Ou se outra vez tu dançasses...

Minha voz no teu ouvido,
Soluçaria de dor,
Não por deixar a vid…

E nem acabou o verso, porque estourou na cozinha um esconjuro e logo a voz da avó, sumida e arroucada, gritando – bandido! bandido! – e depois um gemido ansiado, uns ais… e um baque surdo...

De pé, com o timãozinho numa mão e a agulha na outra, pálida como a cal da parede, o coração parado, Maria Altina pregada no chão, de puro medo, ouviu... ouviu…, e aí no mais entrou e veio a ela o Chicão..., o Chicão, entende vancê? – com uns olhos de bicho acuado, e um bafo de fogo, na boca...

E como chegou, atropelou-a, agarrou-a, apertou-a, abraçando-a pela cintura, metendo a perna entre as dela, forcejando por derrubá-la, respirando duro, furioso, desembestado... mais mordendo que beijando o pescoço amorenado... e garboso...

A rapariga gritou, empurrando-o num desespero, arranhando-lhe a cara, ladeando o corpo... por fim atacou-lhe os dentes num braço.

Ele urrou com a dor e largou-a um momento; ela aproveitou o alce e disparou..., ele quis pegá-la de novo, mas no mover-se enredou as esporas no timãozinho que caíra, e testavilhou maneado…

A pobre, ao passar pela cozinha viu a avó estendida, com as roupas enrodilhadas, a cabeça branca numa sangueira... e então desatinada, num pavor, correu para o umbu e foi o quanto pulou a cavalo e já tocou, a toda, coxilha abaixo!...

Mas, logo, logo, mesmo sem se voltar, sentiu-se quase alcançada pelo Chicão, que também montara e se lhe vinha em perseguição...

E os dois, – à que te pego! à que te largo! – se despencaram por aquele lançante, em direitura ao manantial! E, ou por querer atalhar, ou porque perdesse a cabeça ou nem se lembrasse do perigo, a Maria Altina encostou o rebenque no matungo, que, do lance que trazia costa abaixo, se foi, feito, ao tremendal, onde se afundou até as orelhas e começou a patalear, num desespero!…

A campeirinha varejada no arranco, sumiu-se logo na fervura preta do lodaçal remexido a patadas!... E como rastro, ficou em cima, boiando, a rosa do penteado.

E da mesma carreira, o cavalo do Chicão, que também vinha tocado à espora e relho, chapulhou no pantanal, um pouco atrás do outro, cousa de braça e meia... e ali ficou, o corpo todo sumido, procurando aguentar as ventas, as orelhas fora da água.

O Chicão, agora deslombando-se em esforços para sair da enrascada, não podia, porque bem sentia as esporas enleadas nas raízes – e os cabrestilhos eram fortes…. – e parecia-lhe que tinha um pé quebrado por uma patada do cavalo, que se despedaçava aos arrancos, sentindo-se chupado para o fundo...

Depois desse estropício, tudo ficou como estava: tudo no sossego, o sol subindo sempre, nuvens brancas correndo no céu, passarinhos cruzando para um lado e outro... os galos cantando lá em cima... uns latidos, muito longe... pios de perdiz... algum inhé de sapo ali perto...

Parecia que nada se havia dado: se não fosse a rosa colorada boiando, lá, e o Chicão atolado até o peito, mais pra cá.

O cavalo dele, com a cabeça alinhada, mal podia aguentar fora da água o focinho e ressolhava, o pobre, puxando a respiração em assobios grossos, e o dono, todo salpicado de barro, suava em cordas, cada vez mais ansiado, não podendo desprender-se das malditas esporas, que o sujeitavam em cima do bagual, que ia se afundando... afundando... afundando... E a cada sacudida feita naquele reduto todo o manantial bufava e borbulhava...

Com pouco mais o Chicão desceu ainda, atolado até os sovacos; o cavalo já se não via e nem bulia, sufocado e morto, pesando entregue no mole do tremedal...

E as esporas... as malditas esporas, nem nada!...

Obrigado pela postura em que estava, ele olhava para o buraco que tinha engolido a Maria Altina: sobre a água barrenta, escura, nadavam folhas secas, capins pisoteados, gravetos... e no meio deles, limpa e fresca, boiava a rosa que se soltara dos cabelos da cobiçada no momento em que ela entrava pela morte a dentro, dentro do lodaçal...

E o tempo foi passando, a tranquito, sem pressa nem vagar.

Vancê lembra-se? ...

Como eu disse, havia ficado em casa, além das brancas, a tia mina, – a mãe Tanásia – que, quando sentiu a desgraceira, ganhou no paiol, escondendo-se e daí pode bombear alguma cousa. Quando viu as criaturas montarem e tocarem – como caça e caçador – a mãe Tanásia saiu da toca e voltou à cozinha, dando com a nhanhã... morta, e logo viu que a sinhazinha fugira. E pensou em ir ao Chico Triste, avisar o Mariano. O mais perto era ir pelos olhos-d'água, acima do manantial; desceu o caminho; costeou pelas pedras e quando dobrava a estradinha frenteou com o Chicão...

A mãe Tanásia ficou estatelada... e daí a pedaço – em que olhou só, sem pensar nada – foi que a coitada falou.

– Eh! Eh!... Siô moço!... que é que suncê fez!...

E o desalmado gritou-lhe:

– Vai, bruaca velha, vai contar!...

– Ah! Ah!... Deus perdoe!...

E foi andando, estradinha afora, lomba acima, apurando o passo, um pouco renga.

Nesse meio tempo também chegavam à casa os campeiros; era hora de comer; repararam que só estava amarrado um cavalo; a casa aberta, silenciosa; um espiou pela janela da cozinha..., e gritou pelos outros, benzendo-se...

Lá estava a senhora, com a cabeça arrebentada a olho de machado..., O fogo apagado, a banha coalhada, os beijus frios..., e mui a seu gosto, de papo para o ar, dormindo na saia da morta, uma gata brasina e a sua ninhada.

Chamaram pela mãe Tanásia... gritaram.... procuraram... e nada! Um deles, mais alarife, propôs que fugissem... que era melhor ser carambola do que ser estaqueado... que por certo iam acusá-los daquela maldade.

Porém outro mais precatado disse:

– Cala a boca, parceiro... Vamos é avisar sinhô velho...

E ficando uns de guarda, tocaram-se os outros, a meia-rédea, para o Triste, onde, fulos de medo, desovaram a novidade.

Que canhonaço, amigo! A gentama toda se alvorotou; o que era de mulheres abriu num alarido, o que era homem apresilhou as armas, e já se saiu, muitos em pelo, cobrindo a marca dos fletes, o Mariano na frente, como um louco.

Eu estava nessa arrancada. Chegamos como um pé de vento e conforme boleamos a perna, vimos o mesmo que os negros contavam. E da Maria Altina, nada; da mãe Tanásia, nada. Apenas no chão da varanda novelos desparramados, a mesa arredada, o timãozinho novo com um rasgão grande...

Nisto, um aspa-torta, gaúcho mui andado no mundo e mitrado, puxou-me pela manga da japona e disse-me entre dentes:

– O Chicão repontava a rapariga;... ele não estava em casa, nem veio conosco; ela não está..... Patrício... que lhe parece?...

– Hom!... respondi eu, e fiquei-me com aquele zunido de varejeira no ouvido...

Mas o paisano tinha o estômago frio e foi passando língua;... daí a pouco todos faziam as mesmas contas, até que um, mais golpeado, disse-o claro, ao Mariano!

O homem relanceou os olhos a ver talvez se descobria o Chicão... depois teve a modo uns engulhos e depois ficou como entecado...

Pensaria mesmo que a filha tinha fugido com o querendão?... Quem sabe lá!... Que o rapaz rondava, isso ele e todos sabiam e que ela não fazia caso do derretimento, isso também se sabia: agora, como dum momento para o outro os dois se tinham combinado, isso é que era!...

Mas ao mesmo tempo perguntava-se – quem matou a velha e por quê?...

E quando estávamos neste balanço ouvimos então a gritaria das mulheres, que tinham vindo de a pé, encontrando no caminho a mãe Tanásia.

Em antes de chegarem, já os cuscos, ponteiros, tinham começado a acuar, por debaixo dos araçazeiros; as crianças, curiosas e mais ligeiras, tinham corrido pensando ser algum bicho... e recuaram assustadas, fazendo cara-volta, umas chorando, outras sem fala, apenas apontando para o manantial...

E quando a ranchada das damas chegou perto e viu... viu o Chicão atolado; o Chicão atolado, e logo adiante, no barro revolvido, a rosa cobrada boiando; a rosa boiando, porque a moça estava no fundo, afogada, porque... porque... por causa do Chicão?... por medo dele, que queria abusar dela?... Quando as senhoras-donas, todas caladas, viram aquele condenado, e uma, mais animosa, gritou-lhe – cachorro desavergonhado! – foi que a mãe dele, jungindo as lágrimas para não saltarem, perguntou:

– Chicão, meu filho, que é isto?...

– Atolado.... as esporas;... um laço!...

– Filho!... Que desgraça! E a Maria Altina?...

– Aí!... embaixo da rosa...

Foi neste ponto que rompeu o alarido, os choros, os chamados que ouvimos lá em cima, nas casas, e descemos logo. O Mariano vinha com os olhos raiados de sangue e batendo os dentes, como porco queixada...

E quando paramos todos e vimos o jeito daquele rufião maldito, ainda um lembrou, alto:

– Vamos laçar o homem, e puxar cá pra fora!... O Mariano porém, gritou:

– Espera!... e voltando-se para o atolado, indagou:

– Por que mataste a velha?...

– Não!

– Viste a Maria Altina?

– Não!

– Que esburacado é esse, aí na tua frente?

– Não sei!

– E aquela rosa... também não sabes?...

– Pois sei, sim! É dela... e a velha, também, fui eu... e agora?...

– Vou rebentar-te a cabeça...

– Arrebenta! Se não fosse as esporas!...

Então o Mariano sacou a pistola do cinto e trovejou... e errou! Secundou o tiro e a bala quebrou o ombro do Chicão, que deu um urro e estorceu-se todo; quis firmar-se, porém o braço são afundava-se no barro, acamando os capins já machucados; com esses tirões e arrancos o manantial todo tremia e bufava, borbulhando...

O Mariano amartilhou a outra pistola; o Chicão berrou de lá:

– Mata! Eu não pude!... mas o furriel também não há-de!...

Mas nisto a mãe dele abraçou-se nos joelhos do Mariano, e o padre missioneiro levantou a cruzinha do rosário, meteu o Nosso Senhor Crucificado na boca do cano da pistola... e o Mariano foi baixando o braço... baixando, e calado varejou a arma para o lameiro...; mas de repente, como um parelheiro largado de tronco, saltou pra diante e de vereda atirou-se no manantial... e meio de pé, meio de gatinhas, caindo, bracejando, afundando-se, surdindo, todo ele numa plasta de barro reluzente, alcançou o Chicão, e – por certo – firmando-se no corpo do cavalo morto, botou-se ao desgraçado, com as duas mãos escorrendo lodo apertou-lhe o gasganete... e foi calcando, espremendo, empurrando para trás..., para trás... até que num – vá! – aqueles abraçados escorregaram, cortou o ar uma perna, um pé do Chicão, – livre da espora – e tudo sumiu-se na fervura que gorgolejou logo por cima!...

Imagine vancê, aquilo passando-se ali pertinho a meio laço de distância e ninguém podendo remediar...

Houve só uma palavra em todas as bocas; Jesus, Senhor!...

O manancial borbulhava por todas as costuras... Se fosse água limpa... Credo!...

D'espacito... d'espacito... o missionário foi estendendo o braço, como esperando que as almas subissem... depois riscou uma cruz larga, na claridade do dia; e ajoelhando-se na beira daquela cova balofa, de três defuntos de razão de morrer tão diferente e de morte tão a mesma, começou a rezar.

E logo no derredor a gentama também se foi arrodilhando... e todos com os olhos firmados no manancial, e todos de mãos postas, todos empeçaram um – Salve-Rainha – que foi alteando e subindo no descampado, tão penaroso, tão sentido, tão do coração, que até parece que amansou os próprios bichos, porque, entrementes, nem um cachorro latiu, nem passarinho piou, nem cavalo se mexeu!...

Nas paradas da reza só se ouvia os soluços da mãe do Chicão e um leve guasqueio do vento nas talas dos jerivás.

Acabada a devoção e marchando como uma procissão, fomos para a casa levando a outra velhinha, a irmã da que lá estava, de cabeça esmigalhada. Velamos o corpo e na manhã seguinte fizemos-lhe o enterro, também lá embaixo, na costa do manantial.

O missioneiro benzeu, e então fincamos uma cruz morruda, de cambará, para vigia às almas dos quatro mortos.

Depois, cada qual tomou seu rumo.

Anos depois passei por aqui: cortava a alma olhar para o arranchamento. Os negros tinham tomado a alforria por sua mão, e se foram a la cria!... Ficaram as duas mulheres, a mãe Tanásia e a sua senhora velha, que, por caridade, o brigadeiro Machado mandou buscar pra casa dele.

O arranchamento ficou abandonado; e foi chovendo dentro; desabou um canto de parede; caiu uma porta, os cachorros gaudérios já dormiam lá dentro. Debaixo dos caibros havia ninhos de morcegos e no copiar pousavam as corujas; os ventos derrubaram os galpões, os andantes queimaram as cercas, o gado fez paradeiro na quinta. O arranchamento alegre e farto foi desaparecendo... o feitio da mão de gente foi-se gastando, tudo foi minguando; as carquejas e as embiras invadiram; o gravatá lastrou; só o umbu foi guapeando, mas abichornado, como viúvo que se deu bem em casado...; foi ficando tapera... a tapera... que é sempre um lugar tristonho onde parece que a gente vê gente que nunca viu... onde parece que até as árvores perguntam a quem chega:

– Onde está quem me plantou?... onde está quem me plantou?...

– Olhe! Veja vancê: ali embaixo... hem? 'Stá vendo?... aqueles coqueiros, o matinho de araçás?

Pois é ali o manantial, que virou sepultura naquele dia brabo em que desde manhã tanto agouro apareceu, de desgraça: os pica-paus chorando... os cachorros cavoucando... a bruxa preta entrada sem ninguém ver...

Sempre dói na alma, mexer nessas lembranças. E há quem não acredite!...

A cruz… onde já foi!... mas a roseira baguala, lá está! Roseira que nasceu do talo da rosa que ficou boiando no lodaçal no dia daquele cardume de estropícios…

Vancê está vendo bem, agora?

Pois é... coloreando, sempre! Até parece que as raízes, lá no fundo do manantial, estão ainda bebendo sangue vivo no coração da Maria Altina...

Vancê quer, paramos um nadinha. Com isto damos um alcezito aos mancarrões, e eu... desaperto o coração!…

Ah! Saudade!... Parece que ainda vejo a minha morena, quando no rancho do Chico Triste botei-me os versos...

Minha voz no teu ouvido Fez seu ninho pra canta...

– Diabo!... Parece que tenho areia nos olhos... e um pé de amigo na goela...

– Ah! saudade!...

É uma amargura tão doce, patrãozinho!...

Saudade é dor que não dói. Doce ventura cruel. É talho que fecha em falso. É veneno e sabe a mel...

O MATE DO JOÃO CARDOSO

– A la fresca!… que demorou a tal fritada! Vancê reparou?

Quando nos apeamos era a pino do meio-dia... e são três horas, largas!... Cá pra mim esta gente esperou que as franguinhas se pusessem galinhas e depois botassem, para depois apanharem os ovos e só então bater esta fritada encantada, que vai nos atrasar a troteada, obra de duas léguas... de beiço!...

Isso até faz-me lembrar um caso... Vancê nunca ouviu falar do João Cardoso?... Não?... É pena.

O João Cardoso era um sujeito que vivia por aqueles meios do Passo da Maria Gomes; bom velho, muito estimado, mas chalrador como trinta e que dava um dente por dois dedos de prosa, e mui amigo de novidades.

Também... naquele tempo não havia jornais, e o que se ouvia e se contava ia de boca em boca, de ouvido para ouvido. Eu, o primeiro jornal que vi na minha vida foi em Pelotas mesmo, aí por 1851.

Pois, como dizia: não passava andante pela porta ou mais longe ou mais distante, que o velho João Cardoso não chamasse, risonho, e renitente como mosca de ramada; e aí no mais já enxotava a cachorrada, e puxando o pito de detrás da orelha, pigarreava e dizia:

– Olá! Amigo! Apeie-se; descanse um pouco! Venha tomar um amargo! É um instantinho.... crioulo?!...

O andante, agradecido à sorte, aceitava... menos algum ressabiado, já se vê.

– Então que há de novo? (E para dentro de casa, com uma voz de trovão, ordenava:) Oh! Crioulo! Traz mate!

E já se botava na conversa, falava, indagava, pedia as novas, dava as que sabia; ria-se, metia opiniões, aprovava umas cousas, ficava buzina com outras...

E o tempo ia passando. O andante olhava para o cavalo, que já tinha refrescado; olhava para o sol que subia ou descambava... e mexia o corpo para levantar-se.

– Bueno! São horas, seu João Cardoso; vou marchando!...

– Espere, homem! Só um instantinho! Oh! Crioulo, olha esse mate!

E retomava a chalra. Nisso o crioulo já calejado e sabido, chegava-se-lhe manhoso e cochichava-lhe no ouvido:

– Sr., não tem mais erva!...

– Traz dessa mesma! Não demores, crioulo!... E o tempo ia correndo, como água de sanga cheia. Outra vez o andante se aprumava:

Seu João Cardoso, vou-me tocando... Passe bem!

– Espera, homem de Deus! É enquanto a galinha lambe a orelha!... Oh! crioulo!... olha esse mate, diabo!

E outra vez o negro, no ouvido dele:

– Mas, sr! ... Não tem mais erva!

– Traz dessa mesma, bandalho! E o carvão sumia se largando sobre o paisano uma riscada do branco dos olhos, como encarnicando... Por fim o andante não aguentava mais e parava patrulha:

– Passe bem, seu João Cardoso! Agora vou mesmo. Até a vista!

– Ora, patrício, espere! Oh crioulo, olha o mate!

– Não! Não mande vir, obrigado! Pra volta!

– Pois sim..., porém dói-me que você se vá sem querer tomar um amargo neste rancho. É um instantinho... oh! Crioulo! Porém o outro já dava de rédea, resolvido à retirada. E o velho João Cardoso acompanhava-o até a beira da estrada e ainda teimava:

– Quando passar, apeie-se! O chimarrão, aqui, nunca se corta, está sempre pronto! Boa viagem! Se quer esperar... olhe que é um instantinho... Oh! crioulo!...

Mas o embuçalado já tocava a trote largo.

Os mates do João Cardoso criaram fama... A gente daquele tempo, até, quando queria dizer que uma cousa era tardia, demorada, maçante, embrulhona, dizia – está como o mate do João Cardoso!

A verdade é que em muita casa e por muitos motivos, ainda às vezes parece-me escutar o João Cardoso, velho de guerra, repetir ao seu crioulo:

– Traz dessa mesma, diabo, que aqui o sr. tem pressa!...

– Vancê já não tem topado disso?...

DEVE UM QUEIJO!...

O velho Lessa era um homem assinzinho... nanico, retaco, ruivote, corado, e tinha os olhos vivos como azougue... Mas quanto tinha pequeno o corpo, tinha grande o coração.

E sisudo; não era homem de roer corda, nem de palavra esticante, como couro de cachorro. Falava pouco, mas quando dizia, estava dito; pra ele, trato de boca valia tanto – e até mais – que papel de tabelião. E no mais, era – pão, pão; queijo, queijo! – E, por falar nisto:

Duma feita no Passo do Centurião, numa venda grande que ali havia, estava uma ponta de andantes, tropeiros, gauchada teatina, peonada, e tal, quando descia um cerro alto e depois entrava na estrada, ladeada de butiazeiros, que se estendem para os dois lados, sombreando o verde macio dos pastos, quando troteava de escoteiro, o velho Lessa.

De ainda longe já um dos sujeitos o havia conhecido e dito quem era e donde; e logo outro– passou voz que aí no mais todos iriam comer um queijo sem nada pagar...

Este fulano era um castelhano alto, gadelhudo, com uma pera enorme, que ele às vezes, por graça ou tenção reservada, costumava trançar, como para dar mote a algum dito, e ele retrucar, e, daí, nascer uma cruzada de facões, para divertir, ao primeiro coloreado…

Sossegado da sua vida o velho Lessa aproximou-se, parou o cavalo e mui delicadamente tocou na aba do sombreiro;

– Boa-tarde, a todos! E apeou-se. Maneou o mancarrão, atou-lhe as rédeas ao pescoço e dobrou os pelegos, por causa da quentura do sol. Quando ia a entrar na venda, saiu-lhe o castelhano, pelo lado de laçar... A este tempo o negociante saudava o velho, dizendo:

– Oh! Seu Nico! Seja bem aparecido! Então, vem de Canguçu, ou vai?... Antes que o cumprimentado falasse, o castelhano intrometeu-se:

– Ah! Es usted de Canguçu?... Entonces... debe un queso!... O paisano abriu um ligeiro claro de riso e com toda a pachorra ainda respondeu:

– Ora, amigo... os queijos andam vasqueiros...

– Si, pa nosotros... pero Canguçu pagará queso, hoy!....

– O vendeiro farejou catinga agourenta, no ar, e quis ladear o importuno; o velho Lessa coçou a barbinha do queixo, coçou o cocuruto, relanceou os olhinhos pelos assistentes, e mui de manso pediu ao empregado do balcão:

– 'Stá bem!... Chê! Dê-me aquele queijo!...

E apontou para um rodado dum palmo e meio de corda, que estava na prateleira, ali à mão.

O gadelhudo refastelou-se sobre um surrão de erva, chupou os dentes e ainda enticou:

– Oigalê!... Bailemos, que queso hay!...

Com a mesma santa paciência o velho encomendou então o seu almoço – ovos, um pedaço de linguiça, café – e depois pegou a partir o queijo, primeiro ao meio, em duas metades e depois uma dessas em fatias, como umas oito ou dez; acabando, ofereceu a todos:

– São servidos? Ninguém topou: agradeceram; então disse ele ao cobrador:

– Che!... pronto! Sirva-se!... O castelhano levantou-se, endireitou as armas e chegando-se para o prato repetiu o invite:

– Entonces?... Está pago, paisanos!...

E às talhaditas começou a comer.

O velho Lessa – ele tinha pinta de tambeiro, mas era touro cupinudo... pegou a picar um naco; sovou uma palha; enrolou o baio; bateu os avios, acendeu e começou a pitar, sempre calado, e moneando, gastando um tempão...

Lá na outra ponta do balcão um freguês estava reclamando sobre uma panela reiuna, que lhe haviam vendido com o beiço quebrado...

Aí pelas seis talhadas o clinudo parou de mastigar.

– Bueno... buenazo!... Pero no puedo más!...

Mas o velho, com o facão espetou uma fatia e of'receu-lhe:

– Esta, por mim!

– Si, justo: por usted, vaya!... E às cansadas remoeu o pedaço. E mal que engoliu o último bocado, já o velho apresentava-lhe outra fatia, na ponta do ferro:

– Outra, a saúde de Canguçu!...

– Pero...

– Não tem pero nem pera... Come...

– Pe...

– Come, clinudo!...

E, no mesmo soflagrante, de plancha, duro e chato, o velho Lessa derrubou-lhe o facão entre as orelhas, pelas costelas, pelas paletas, pela barriga, pelas ventas... seguido, e miúdo, como quem empapa d'água um couro lanudo. E com esta sumanta levou-o sobre o mesmo surrão de erva, pôs-lhe nos joelhos o prato com o resto do queijo e gritou-lhe nos ouvidos:

– Come!...

E o roncador comeu... comeu até os farelos...; mas, de repente, empanzinado, de boca aberta, olhos arregalados, meio sufocado, todo se vomitando, pulou porta fora, se foi a um matungo e disparou para a barranca do passo... e foi-se, a la cria!...

O reclamador da panela desbeiçada deu uma risada e chacoteou, pra o rastro:

– 'Orre, maula!... Quebraram-te o corincho!... E o velhito, com toda a sua pachorra indagou pelo almoço, se já estava pronto?...

– Os ovos..., a linguiça..., o café?...

O BOI VELHO

Cuê-pucha!... É bicho mau, o homem!

Conte vancê as maldades que nós fazemos e diga se não é mesmo!... Olhe, nunca me esqueço dum caso que vi e que me ficou cá na lembrança, e ficará té eu morrer... como unheiro em lombo de matungo de mulher.

Foi na estância dos Lagoões, duma gente Silva, uns Silvas mui políticos, sempre metidos em eleições e enredos de qualificações de votantes.

A estância era como aqui e o arroio como a umas dez quadras; lá era o banho da família. Fazia uma ponta, tinha um sarandizal e logo era uma volta forte, como uma meia-lua, onde as areias se amontoavam formando um baixo: o perau era do lado de lá. O mato aí parecia plantado de propósito: era quase que pura guabiroba e pitanga, araçá e guabiju; no tempo, o chão coalhava-se de fruta: era um regalo!

Já vê... o banheiro não era longe, podia-se bem ir lá de a pé, mas a família ia sempre de carretão, puxado a bois, uma junta, mui mansos, governados de regeira por uma das senhoras-donas e tocados com uma rama por qualquer das crianças.

Eram dois pais da paciência, os dois bois. Um se chamava Dourado, era baio; o outro, Cabiúna, era preto, com a orelha do lado de laçar, branca, e uma risca na papada.

Estavam tão mestres naquele piquete, que, quando a família, de manhãzita, depois da jacuba de leite, pegava a aprontar-se, que a criançada pulava para o terreiro ainda mastigando um naco de pão e as crioulas apareciam com as toalhas e por fim as senhoras-donas, quando se gritava pelo carretão, já os bois, havia muito tempo que estavam encostados no cabeçalho, remoendo muito sossegados, esperando que qualquer peão os ajoujasse.

Assim correram os anos, sempre nesse mesmo serviço.

Quando entrava o inverno eles eram soltos para o campo, e ganhavam num rincão mui abrigado, que havia por detrás das casas. Às vezes, um que outro dia de sol mais quente, eles apareciam ali por perto, como indagando se havia calor bastante para a gente banhar-se. E mal que os miúdos davam com eles, saíam a correr e a gritar, numa algazarra de festa para os bichos.

– Olha o Dourado! Olha o Cabiúna! Oôch!... Oôch!...

E algum daqueles traquinas sempre desencovava uma espiga de milho, um pedaço de abóbora, que os bois tomavam, arreganhando a beiçola lustrosa de baba, e punham-se a mascar, mui pachorrentos, ali à vista da gurizada risonha.

Pois veja vancê... Com o andar do tempo aquelas crianças se tornaram moças e homens feitos, foram-se casando e tendo família, e como quera, pode-se dizer que houve sempre senhoras-donas e gente miúda para os bois velhos levarem ao banho do arroio, no carretão.

Um dia, no fim do verão, o Dourado amanheceu morto, mui inchado e duro: tinha sido picado de cobra.

Ficou pois solito, o Cabiúna; como era mui companheiro do outro, ali por perto dele andou uns dias pastando, deitando-se, remoendo. Às vezes esticava a cabeça para o morto e soltava um mugido... Cá pra mim o boi velho – Uê! tinha caraca grossa nas aspas! – o boi velho berrava de saudades do companheiro e chamava-o, como no outro tempo, para pastarem juntos, para beberem juntos, para juntos puxarem o carretão...

– Que vancê pensa!... Os animais se entendem... eles trocam língua!... Quando o Cabiúna se chegava mui perto do outro e farejava o cheiro mim, os urubus abriam-se, num trotão, lambuzados de sangue podre, às vezes meio engasgados, vomitando pedaços de carniça...

Bichos malditos, esses encarvoados!...

Pois, como ficou solito o Cabiúna, tiveram que ver outra junta para o carretão e o boi velho por ali foi ficando. Porém começou a emagrecer... e tal e qual como uma pessoa penarosa, que gosta de estar sozinha, assim o carreteiro ganhou o mato, quem sabe, de penaroso. também... Um dia de sol quente ele apareceu no terreiro. Foi um alvoroto da miuçalha.

– Olha o Cabiúna! O Cabiúna! Oôch! Cabiúna! oôch!...

E vieram à porta as senhoras-donas, já casadas e mães de filhos, e que quando eram crianças tantas vezes foram levadas pelo Cabiúna; vieram os moços, já homens, e todos disseram:

– Olha o Cabiúna! Oôch! Oôch!...

Então, um notou a magreza do boi; outro achou que sim; outro disse que ele não aguentava o primeiro minuano de maio; e conversa vai, conversa vem, o primeiro, que era mui golpeado, achou que era melhor matar-se aquele boi, que tinha caraca grossa nas aspas, que não engordava mais e que iria morrer atolado no fundo dalguma sanga e... lá se ia então um prejuízo certo, no couro perdido...

E já gritaram a um peão, que trouxesse o laço; e veio. A mão no mais o sujeito passou uma volta de meia-cara; o boi cabresteou, como um cachorro...

Pertinho estava o carretão, antigão, já meio desconjuntado, com o cabeçalho no ar, descansando sobre o muchacho.

O peão puxou da faca e dum golpe enterrou-a até o cabo, no sangradouro do boi manso; quando retirou a mão, já veio nela a golfada espumenta do sangue do coração...

Houve um silenciozito em toda aquela gente.

O boi velho sentindo-se ferido, doendo o talho, quem sabe se entendeu que aquilo seria um castigo, algum pregaço de picana, mal dado, por não estar ainda arrumado... – pois vancê creia! –: soprando o sangue em borbotões, já meio roncando na respiração, meio cambaleando o boi velho deu uns passos mais, encostou o corpo ao comprido no cabeçalho do carretão, e meteu a cabeça, certinho, no lugar da canga, entre os dois canzis... e ficou arrumado, esperando que o peão fechasse a brocha e lhe passasse a regeira na orelha branca...

E ajoelhou… e caiu… e morreu...

Os cuscos pegaram a lamber o sangue, por cima dos capins… um alçou a perna e verteu em cima... e enquanto o peão chairava a faca para carnear, um gurizinho, gordote, claro, de cabelos cacheados, que estava comendo uma munhata, chegou-se para o boi morto e meteu-lhe a fatia na boca, batia-lhe na aspa e dizia-lhe na sua língua de trapos:

– Tome, tabiúna! Nó té... Nô fá bila, tabiúna!...

E ria-se o inocente, para os grandes, que estavam por ali, calados, os diabos, cá pra mim, com remorsos por aquela judiaria com o boi velho, que os havia carregado a todos, tantas vezes, para a alegria do banho e das guabirobas, dos araçás, das pitangas, dos guabijus!…

Veja vancê, que desgraçados; tão ricos… e por um mixe couro do boi velho!...

Cuê-pucha!…é mesmo bicho mau, o homem!

CORRER EGUADA

Se vancê fosse daquele tempo, eu calava-me, porque não lhe contaria novidade, mas vancê é um guri, perto de mim, que podia ser seu avô... Pois escuite.

Tudo era aberto; as estâncias pegavam umas nas outras sem cerca nem tapumes; as divisas de cada uma estavam escritas nos papéis das sesmarias; e lá um que outro estancieiro é que metia marcos de pedra nas linhas, e isso mesmo quando aparecia algum piloto que fosse entendido do ofício e viesse bem apadrinhado.

Vancê vê que desse jeito ninguém sabia bem o que era seu, de animalada. Marcava-se, assinalava-se o que se podia, de gado, mas mesmo assim, pouco; agora, o que tocava à bagualada, isso era quase reiuno... pertencia ao campo onde estava pastando. E mesmo nem tinha valor nenhum: égua baguala era só para tirar-se as loncas, alguma bota.

Depois é que apareceram uns lamões e uns ingleses, melados, que compravam o cabelo: por isso às vezes se cerdeava; mas eles pagavam uma tuta e meia.

Veja vancê: sempre a estrangeirada especulando cousas de que a gente nem fazia caso...

Eguada xucra, potrada orelhana, isso, era imundície, por esses campos de Deus; miles e miles...

E bicho brabo pra se tropear, esse!... Barulhento, espantadiço, disparador e ligeiro, como trezentos diabos!

Mas, como quera, era sempre um divertimento macanudo, uma volteada de baguais!

Ah!…

Não há nada como tomar mate e correr eguada!

Aí para os meios de Quaraim, nos campos do major Jordão, entrei uma vez numa correria macota.

Foi logo depois da guerra do Oribe. Havia como dez mil baguais entre éguas e potros orelhanos, cavalhada largada, reiuna e marcada, que toda virou haragana, nos pajonais.

Os gados, que já eram mui ariscos, viviam numa bolandina com as disparadas da bagualada.

Pro caso, diz que é o Negrinho do Pastoreio que faz as disparadas dos cavalares... Isso é uma história comprida...

Um belo dia o major resolveu fazer uma limpa naquele bicharedo alçado.

E preparou-se, com tempo.

Desfrutou a novilhada que pode, no verão, arreglou as suas contas e mandou avisar e convidar o vizindário para correr a bagualada no veranico de maio, que era para agarrar o bicharedo rachando de gordo e aguaxado, pesadão e o tempo mais fresco para a cavalhada do serviço.

Amigo! Quando foi aos três dias da lua nova a estância estava apinhada de gauchada. Como uns oitenta e tantos torenas, campeiraços destorcidos, domadores e boleadores de fama.

Adelgaçava-se os fletes com água a meia costela, em qualquer lagoão, e à soga; Cascos bem aparados, agarradeiras bem cavadas, endurecidas com uma untura de sebo de rim e carvão, aquentada com a ponta em brasa de um tição de goiabeira; cola curta, toso baixo.

E a gauchada quase toda de em pelo. Uns de bombacha, outros de chiripá; muitos sem chapéu, muitos de lenço na cabeça; tudo em mangas de camisa e faca atravessada.

O mais maula levava pelo menos dois pares de bolas; três pares, isso era a rodo, e havia torena que chegava a levar cinco: um na mão, os outros na cintura.

E tudo boleadeiras mui bem feitas, de pedra pequena; porque vancê sabe que o cavalar tem o osso mais quebradiço que a rês– e vai, se toma de mau jeito um bolaço pesado, aí no mais já temos um avariado.

Pois é: as três-marias retovadas a preceito; e as sogas macias, pra não cortar; e levava-se também uns quantos ligares.

– Vancê não sabe o que é um ligar? Não é só, não sr., o couro de terneirote pra fazer carona; é também uma tira de guasca, chata, assim duma meia braça, com um furo dum lado e uma meia ponta do outro. Conforme boleava um animal e ele caia, o campeiro chegava-se e passava-lhe o ligar em cima do garrão e apertava, acochava, à moda velha; hom!... era mesmo como botar uma liga de mulher, com perdão da comparação!

Vancê compr'ende, não!

Ficava o nervo do garrão, arrochado pelo ligar; então o gaúcho desenredava as boleadeiras e assinalava e mal isto, já o bagual se aprumava e levantava-se, bufando, puava, pra rufar..., mas qual! saía em três pernas!... E assim de seguida, em dois, três, oito ou mais, que cada corredor boleasse; esses não podiam mais disparar, ficavam perneteando no meio do campo!

Então a gurizada, os piás, a relho, iam entropilhando os ligados, que depois cada dono separava pelo sinal feito.

Era assim, que, conforme ia correndo a eguada, cada gaúcho ia boleando o bagual que mais lhe agradava; às vezes saíam dois a um mesmo animal: aí, o que primeiro lhe sentava as pedras, era o dono.

Mas também, quanto porongo!... Quantas vezes, depois duma canseira, boleava-se e caía um potro lindaço, cogotudo e bem lançado, e ia-se ver, era um colmilhudo, com cada dente como uma estaca... velho como o cerro do Batovi; ou era um mancarrão de montaria, aporreado e cuerudo... outras vezes ainda... enfim, havia sempre embaçadelas!

Mas, como ia dizendo: quando a gente estava toda a cavalo e pronta, o estancieiro ou o encarregado distribuía os ternos, que espalhavam-se a todos os rumos, sobre as costas e rinconadas, para fazer a tocada de lá desses fundos.

E daí a pouco já se levantavam os primeiros rumores... A bagualada estranhava aqueles movimentos; os colhudos começavam a relinchar, ajuntando, pastorejando as manadas; os entropilhados, farejando, entreparavam-se, arpistas; outras pandilhas, de cola alçada, iam num trotão dançado, bufando... e já cerravam numa correria em redondo e depois riscavam, campo fora...

Lá adiante, o mesmo barulho; noutro ponto, igual; dum rindo, numa trepada de coxilha, numa descida de canhada, rufando duma restinga, os lotes de eguariços iam se encontrando, entreverando-se; os campeiros vinham chegando e a gritos, a cachorro, a tiro, ia-se tocando a bagualada de cada querência; de todos os lados cruzava-se a contradança, que se encaminhava sobre uma linha já combinada; e aos poucos ia crescendo o rodeio movediço, que engrossava, redemoinhava, espirrava, tornava a embolar-se... e de repente fazia cabeça, fazia ponta, e todo disparava, fazendo tremer a terra, roncando no ar, como uma trovoada.

Aí a gente entrava a manguear, aos dois lados, e então é que começava, de verdade, o divertimento! Arrematava-se três, quatro, cinco fletes; corria--se sem parar, seis, dez, doze léguas... e no fim estava-se folheiro!...

Barbaridade! Nem há nada como tomar mate e correr eguada!

Amigo! Aquele novelo não se desmanchava mais; ao contrário, o que ia topando pela frente ou aos lados, de eguada, também corria e atirava-se, incorporando-se; na culatra ia ficando uma estiva de potrilhos, de flacos, de aplastados, dos que rodavam, dos que se quebravam e até dos que morriam pisoteados por aquela massa cerrada de cascos.

E em cancha direita ou fazendo voltas largas, não se respeitava sanga, banhado, tacuru, panela de caranguejo, nem buraco de tuco-tuco; ia-se acamando as macegas, pisoteando cardais, esmigalhando as manchas de trevo, e ia-se sempre a meia-rédea.

Aí é que era o lindo!

Os fletes montados, alevianados, corriam, alçados no freio; os tiros de bolas cruzavam-se nos ares… e aquilo era largar as três-marias sobre a paleta do escolhido e o bagual logo rodava, no enleio das sogas.

O gaúcho, apeava, ligava, tirava as boleadeiras e já se bancava de novo pra nova nombrada,

Isso quando era por divertir.

Quando era para tropa, o melhor era reiunar os boleados; isso era ligeiro: com um talho de faca, por detrás, na raiz da orelha, esta caía pra diante, sobre o olho; o sangue também ajudava, porque escorria e se empastava nas clinas; e podia ser potro cru e malevaço, que ali no mais dava o cacho; podia fazer-se dele sinuelo.

Quando era para limpeza, então tocava-se a eguada sobre um apertado qualquer, sobre uma sanga bem funda, grota, manantial, sumidouro, e atirava-se aí pra dentro, para destroçar, para acabar, atirava-se aí para dentro toda a bagualada, que, do lance em que vinha, toda se afundava, amontoava, esmagava e morria, sem poder recuar, perdida pela sua própria brabeza, empurrada pelas pechadas dos que vinham, sarapantados, tocados de trás!...

E o resto que se desguaritava e que se podia ainda apanhar a laço e bolas, esse, degolava-se.

Dessa feita, nos campos do major Jordão matamos pra mais de seis mil baguais. E cada gaúcho, na despedida, foi tocando por diante a sua tropilhita nova.

Hoje... onde é que se faz disso?

É verdade que há muita cousa boa, isso é verdade... mas ainda não há nada, como antigamente, tomar mate e correr eguada...

Xô-mico!... Vancê veja… eu até choro!...

Ah! tempo!…

CHASQUE DO IMPERADOR

– Quando foi do cerco de Uruguaiana pelos paraguaios em 65 e o imperador Pedro 2° veio cá, com toda a frota da sua comitiva, andei muito por esses meios, como vaqueano, como chasque, como confiança dele; era eu que encilhava-lhe o cavalo, que dormia atravessado na porta do quarto dele, que carregava os papéis dele e as armas dele.

Começou assim: fui escalado para o esquadrão que devia escoltar aquele estadão todo.

Quando a força apresentou-se ao seu general Caxias, o velho olhou... olhou... e não disse nada.

Cada um, firme como um tarumã; as guascas, das melhores, as garras, bem postas, os metais, reluzindo; os fletes tosados a preceito, a cascaria aparada... e em cima de tudo, – tirante eu – uma indiada macanuda, capaz de bolear a perna e descascar o facão até pra Cristo, salvo seja!...

Pois o velho olhou..., olhou..., e ficou calado. E calado saiu.

O tenente que nos comandava, relanceou os olhos como numa sufocação e berrou:

– Firme! E dando um torcicão forte na banda, começou a mascar a pera, furioso. E ali ficamos; de vez em quando um bagual escarceando, refolhando, escarvando... Daí a pouco, de em frente, das casas, veio saindo unia gentama, muito em ordem, de a dois, de a três.

Na testa vinha um homem alto, barbudo, ruivo, de olhos azuis, pequenos, mas mui macios. A esquerda dele, dois passos menos, como na ordenança, o velho Caxias, fardado e firme, como sempre.

O outro, o ruivo, assim a modo um gringo, vinha todo de preto, com um gabão de pano piloto, com veludo na gola e de botas russilhonas, sem esporas.

Pela pinta devia ser mui maturrango.

Não trazia espada nem nada, mas devia ser um maioral porque todos os outros se apequenavam pra ele. Quem seria?...

O tenente descarregou umas quantas vozes; e nós estávamos como corda de viola!...

O ruivo passou pela nossa frente, devagar; mirou um flanco e outro, e falou com o velho, mostrando um ar risonho no rosto sério. O velho acenou ao tenente, que tocou o cavalo e firmou a espada em continência. Então o ruivo disse:

– 'Stá bem, sr. tenente; estou satisfeito! Mande-me aqui um dos seus homens, qualquer...

– O tenente bateu a espada e deu de rédea, e parou mesmo na minha frente... eu era guia da fila testa.

– Cabo Blau Nunes! Pé em terra! Um!... Dois!...

Estava apeado e perfilado, com a mão batendo na aba levantada do meu chapéu de voluntário.

– Apresente-se!

E baixinho, fuzilando nos olhos, boquejou-me:

– Aquele é o imperador; se te enredas nas quartas, defumo-te! Ora!... Caminhei firme e quando cheguei a cinco passos do ruivo, tornei a quadrar o corpo, na postura dos mandamentos, Aí o velho Caxias perguntou:

– Sabes a quem falas?

– Diz que ao senhor imperador!

– Sua majestade o imperador, é que se diz.

– A sua majestade o imperador!

Vai então, o tal, que pelo visto, era mesmo o tão falado imperador, disse, numa vozinha fina:

– Bem, cabo, você vai ficar na minha companhia; há de ser o meu ordenança de confiança. Quer?...

– O senhor imperador vai ficar mal servido: sou um gaúcho mui cru; mas para cumprir ordens e dar o pelego, tão bom haverá, melhor que eu, não!

Aí o homem riu-se e o velho também. E vai esse indagou:

– Conheces-me?

– Como não?!... Desde 45, no Ponche Verde; fui eu que uma madrugada levei a vossa excelência um ofício reservado, pra sua mão própria... e tive que lanhar uns quantos baianos abelhudos que entenderam de me tomar o papel... Vossa excelência mandou-me dormir e comer na sua barraca, e no outro dia me regalou um picaço grande, mui lindo, que...

– Bem me parecia, sim... E ainda és o mesmo homem?

– Sim, sr., com algum osso mais duro e o juízo mais tironeado!

– É que sua majestade vai precisar de um chasque provado, seguro... há perigo, na missão...

– Uê! Seu general!... Meu pai e minha mãe hoje, é esta! E beijei a minha divisa de cabo. O imperador pôs a mão no meu ombro e disse:

– Estimo-te. Podes ir... e cala-te.

E vancê creia... – que diabo! – tive um estremeção por dentro! ...

Eu pensava que o imperador era um homem diferente dos outros... assim todo de ouro, todo de brilhantes, com olhos de pedras finas...

Mas, não senhor, era um homem de carne e osso, igual aos outros... mas como quera... uma cara tão séria... e um jeito ao mesmo tempo tão sereno e tão mandador, que deixava um qualquer de rédea no chão!...

Isso é que era!...

Fiz meia-volta e fui tomar o meu lugar; o esquadrão desfilou, apresentando armas e fomos acampar. Logo a rapaziada crivou-me de perguntas... mas eu, soldado velho, contei um par de rodelas, queimei campo a boche, mas não afrouxei nada da conversa; não vê!...

De tardezita já entrava de serviço.

A não ser nas conversas particulares daqueles graúdos – pois tudo era só seu barão, seu conselheiro, seu visconde, seu ministro –, eu sempre via e ouvia o que se passava.

E a bem boas assisti.

Um dia apresentaram ao imperador um topetudo não sei donde, que perguntou, mui concho:

– Então Vossa Majestade tem gostado disto por aqui?

– Sim, sim, muito!

– Então por que não se muda pra cá, com a família?...

Outro, no meio da roda, puxou da traíra, sovou uma palha de palmo, e começou a picar um naco; esfregou o fumo na cova da mão, enrolou, fechou o baio e mui senhor de si ofereceu-o ao imperador.

– É servido?

– Não, obrigado; parece-me forte o seu fumo...

– Não sabe o que perde!... Então, com sua licença!... E bateu o isqueiro e começou a pitar, tirando cada tragada que nuveava o ar!

Havia um que era barão e comandava um regimento, que era mesmo uma flor; tudo moçada parelha e guapa.

O imperador gabou muito a força, e aí no mais o barão já lhe largou esta agachada:

– Que Vossa Majestade está pensando?... Tudo isto é indiada coronilha, criada a apojo, churrasco e mate amargo... Não é como essa cuscada lá da Corte, que só bebe água e lambe a... barriga!... Esse mesmo barão, duma feita que o d. Pedro procurou no bolso umas balastracas para dar uma esmola e não achou mais nada, desafivelou a guaiaca e entregando-a disse:

– Tome, senhor! Cruzes! Nunca vi homem mais mão-aberta do que Vossa Majestade…, olhe que quem dá o que tem, a pedir vem... mas... quando quiser os meus arreios prateados... e até a minha tropilha é só mandar... só reservo o tostado crespo e um qualquer pelego...

Mas, sr. barão, nem por isso eu dou o que desejara…

Ora qual!... Vossa Majestade não dá a camisa... porque não tem tempo de tirá-la!...

Numa das marchas paramos num campestre, na beira dum passo, perto dum ranchito.

Daí a pouco, com uma trouxinha na mão apareceu no acampamento uma velha, que já tinha os olhos como retovo de bola. Por ali andou mirando, e depois entrando mesmo no grupo onde ele estava, disse:

– Bom dia, moços! Qual de vocês é o imperador?

– Sou eu, dona! Assente-se. A velha olhou-o de alto a baixo, calada, e depois rindo nos olhos:

– Deus te abençoe! Nossa Senhora te acompanhe, meu filho! Eu trago-te este bocadinho de fiambre! E abrindo o pano, mui limpinho, mostrou um requeijão, que pela cor devia de estar um gambelo, de gordo e macio. D. Pedro agradeceu e quis dar uma nota à velha, que parou patrulha.

– Não! Não!... Tu vais pra guerra... Os meus filhos e netos já lá andam... Eu só quero que vocês não se deixem tundar!...

Houve uma risada grande, da comitiva. A velhota ainda correu os olhos em roda e indagou:

– Diz que o seu Caxias também vem aqui... quem é?

– Sou eu, patrícia!... Conhece-me?

– De nome, sim, senhor. O meu defunto, em vida dele, sempre falava em vancê... Pois os caramurus iam fuzilar o coitado, quando vancê apareceu... Lembra-se?... E vai, quando o seu general Canabarro fez a paz entre os farrapos e os legais, o meu defunto jurou que onde estivesse o seu Caxias, ele havia de ir... mas morreu, pro via dum inchume, que apareceu, aqui, lá nele. Mas, como por aqui, correu que vancê ia pra guerra dos paraguaios, o meu filho mais velho, em memória do pai, ajuntou os irmãos, os sobrinhos e uns quantos vizinhos e se tocaram todos, pra se apresentarem de voluntários, a vancê!... Vancê dê notícias minhas e bote a benção neles; e diga a eles que não deixem o imperador perder a guerra... ainda que nenhum deles nunca mais me apareça!... Bem! Com sua licença... Seu imperador, na volta, venha pousar no rancho da nhã Tuca; é de gente pobre, mas tudo é limpo com a graça de Deus... e sempre há de haver uma terneira gorda pra um costilharl... Passar bem! Boa viagem... Deus os leve, Deus os traga!...

O imperador – esse era meio maricas, era! – abraçou a velha, prometendo voltar, por ali, e quando ela saiu, disse:

– Como é agradável essa rudeza tão franca!

Numa cidade onde pousamos, o imperador foi hospedado em casa dum fulano, sujeito pesado, porém mui gauchão.

Quando foi hora do almoço, na mesa só havia doces e doces... e nada mais. O imperador, por cerimônia provou alguns; a comitiva arriou aqueles cerros açucarados. Quando foi o jantar, a mesma cousa: doces e mais doces!... Para não desgostar o homem, o imperador ainda serviu-se, mas pouco; e de noite, outra vez, chá e doces!

O imperador, com toda a sua imperadorice, gurniu fome!

No outro dia, de manhã, o fulano foi saber como o hóspede havia passado a noite e ao mesmo tempo acompanhava uma rica bandeja com chá e... doces...

Aí o imperador não pôde mais... estava enfarado!...

– Meu amigo, os doces são magníficos... mas eu agradecia-lhe muito se me arranjasse antes um feijãozinho... uma lasca de carne... O homem ficou sério... e depois largou uma risada:

– Quê! Pois Vossa Majestade come carne?! Disseram-me que as pessoas reais só se tratavam a bicos de rouxinóis, doces e pasteizinhos!... Por que não disse antes, senhor? Com trezentos diabos!... Ora essa!... Vamos já a um churrasco... que eu, também, não aguento essas porquerias!...

OS CABELOS DA CHINA

– Vancê sabe que eu tive e me servi muito tempo dum buçalete e cabresto feitos de cabelo de mulher?...Verdade que fui inocente no caso.

Mais tarde soube que a dona dele morreu; soube, galopeei até onde ela estava sendo velada; acompanhei o enterro... e quando botaram a defunta na cova, então atirei lá pra dentro aquelas peças, feitas do cabelo dela, cortado quando ela era moça e tafulona... Tirei um peso de cima do peito: entreguei à criatura o que Deus lhe tinha dado.

Eu conto como foi.

Quem me ensinou a courear uma égua, a preceito, estaquear o couro, cortar, lonquear, amaciar de mordaça, o quanto, quanto...; e depois tirar os tentos, desde os mais largos até os fininhos, como cerda de porco, e menos, quem me ensinou a trançar, foi um tal Juca Picumã, um chiru já madurázio, e que tinha mãos de anjo para trabalhos de guasqueiro, desde fazer um sovéu campeiro até o mais fino preparo para um recau de luxo, mestraço, que era, em armar qualquer roseta, bombas, botões e tranças de mil feitios.

Esse índio Juca era homem de passar uma noite inteira comendo carne e mateando, contanto que estivesse acoc'rado em cima quase dos tições, curtindo-se na fumaça quente... Era até por causa desta catinga que chamavam-lhe – picumã.

Pra mais nada prestava; andava sempre esmolambado, com uns caraminguás mui tristes; e nem se lavava, o desgraçado, pois tinha cascão grosso no cogote.

Comia como um chimarrão, dormia como um lagarto; valente como quê... e ginete, então, nem se fala!...

Para montar, isso sim!... Fosse potro cru ou qualquer aporreado, caborteiro ou velhaco – o diabo, que fosse! –, ele enfrenava e bancava-se em cima, quieto como vancê ou eu, sentados num toco de pau!... Podia o bagual esconder a cabeça, berrar, despedaçar-se em corcovos, que o chiruvelho batia o isqueiro e acendia o pito, como qualquer dona acende a candeia em cima da mesa! Às vezes o ventana era traiçoeiro e lá se vinha de lombo, boleando-se, ou acontecia planchar-se: o coronilha escorregava como um gato e mal que o sotreta batia a alcatra na terra ingrata, já lhe chovia entre as orelhas o rabo de tatu, que era uma temeridade!...

Voltear o caboclo, isso é que não!

E bastante dinheiro ganhava; mas sempre despilchado, pobre como rato de igreja.

Um dia perguntei-lhe o que é que este fazia das balastracas e bolivianos, e meias-doblas e até onças de ouro, que ganhava?...

Esteve muito tempo me olhando e depois respondeu, todo num prazer, como se tivesse um pedaço do céu encravado dentro do coração:

– Mando pra Rosa... tudo! E é pouco, ainda!

– Que Rosa é essa?

– É a minha filha! Linda como os amores! Mas não é pra o bico de qualquer lombo-sujo, como eu...

A conversa ficou por aí.

Passaram os anos. Eu já tinha o meu bigodinho.

Rebentou a guerra dos Farrapos; eu me apresentei, de minha vontade; e com quem vou topar, de companheiro? Com o Juca Picumã.

Duma feita andávamos tocados de perto pelos caramurus... Tínhamos saído em piquete de descoberta e aconteceu que depois de vararmos um passo, os legalistas nos cortaram a retirada e vieram nos apertando sobre outra força companheira, como para comer-nos entre duas queixadas...

E não nos davam alce; mal boleávamos a perna para churrasquear um pedaço de carne e já os bichos nos caíam em cima...

Na guerra a gente às vezes se vê nestas embretadas, mesmo sendo o mais forte, como éramos nós, que bem podíamos até correr a pelego aqueles camelos..., mas são cousas que os chefes é que sabem e mandam que se as aguente, porque é serviço...

Ora bem; havia já dois dias e duas noites que vivíamos neste apuro; arrinconados nalgum campestre dava-se um verdeio aos cavalos; os homens cochilavam em pé; nisto um bombeiro assobiava, outro respondia e o capitão, em voz baixa e rápida, mandava:

– Monta, gente!

E o Juca Picumã, que era o vaqueano, tomava a ponta e metia-nos por aquela enredada de galhos e cipós e lá íamos, mato dentro, roçando nos paus, afastando os espinhos e batendo a mosquitada, que nos carneava... Ninguém falava. A rapaziada era de dar e tomar, e – sem desfazer em vancê, que está presente –, eu era do fandango... e devo dizer, que nesse tempo, fui mondongo meio duro de pelar...

Dessa vereda o vaqueano foi pendendo para a esquerda; de repente batemos na barranca do arroio, e ele, sem dizer palavra meteu n'água o cavalo e, devagarzinho, fomos encordoando de trás e varando, de bolapé.

Seguimos um pedaço, sempre sobre a esquerda, e mui adiante tornamos a varar o arroio para o lado que tínhamos deixado. Tínhamos feito uma marcha em roda, que íamos agora fechar saindo na retaguarda do acampamento dos legalistas.

Num campestrezinho paramos; o capitão mandou apear rédea na mão, tudo pronto ao primeiro grito.

Depois acolherou-se com o Juca Picumã e meteram-se no mato e aí boquejaram um tempão. Depois voltaram.

Então o capitão correu os olhos pelos rapazes e disse:

– Preciso de um, que toque viola... Mas o Picumã xeretou logo:

– Tem aí esse pisa-flores, o furriel Blau...

– Esse gurizote?...

– Sim, senhor, esse; é cruza de calombo!...

E deu de rédea, com cara de sono. O capitão acompanhou-o, mandando que eu seguisse; e eu segui-o, quente de raiva, pelo pouco caso com que ele chamou-me – gurizote –. Se não fosse pelas divisas, eu dava-lhe o – gurizote!...

Fomos andando... parando... farejando... escutando... Em certa altura o Picumã, sem se voltar levantou o braço, de mão aberta e parou. O capitão parou, e eu.

O chiru disse, baixo:

– Está perto… ali!... E o churrasco é gordo!… E levantava e mexia o nariz, tal e qual como um cachorro, rastreando... E apeamos.

– Vamos botar um torniquete nos cavalos, para não relincharem… Fizemos, com o fiel do rebenque.

– Tiramos as esporas, por causa dalguma enrediça... Tiramos.

– Bom; agora o capitão diz como há de ser o serviço…

O oficial encruzou os braços e assim esteve um pedaço, alinhavando a ideia; depois, como falando mais pra mim do que pra o outro, disse:

– Olha, furriel Blau, tu e o velho Picumã ides jogar o pelego numa arriscada... Ele que te escolheu pra companheiro é porque sabe que és homem... Há dois dias, como sabes, andamos nestes matos..., mas não é tanto pelo serviço militar, é mais por um vareio que quero dar... por minha conta... Ouve. A minha china fugiu-me, seduzida pelo comandante desta força... Vocês vão-se apresentar a ele, como desertados e que se querem passar... Ele é um espalha-brasas; ela é dançarina..., arranja jeito de rufar numa viola e abre o peito numas cantigas... Tendo farra estão eles como querem... E enquanto estiverem descuidados, eu caio-lhes em cima com a nossa gente. Agora... quando fechar o entrevero só quero que tu te botes ao comandante… e que lhe passes os maneadores... quero-o amarrado...entendes? És capaz?… O Picumã ajuda... O resto… depois...

– Mas... não é pra defuntear o homem... amarrado?...

– Não! Acoquiná-lo, só...

– A tal piguancha, também… não é pra... lonquear?...

– Não! Desfeiteá-la, só...

– Então, vou. Mas quem fala é o Picumã...; eu, nem mentindo digo que sou desertor...

Estás te fazendo muito de manto de seda!... Cuidado!...

– Seu capitão é oficial… nada pega...; eu sou um pobre soldado que qualquer pode mandar jungir nas estacas...

Aí o Picumã meteu a colher.

– Seu capitão, o mocito não é sonso, não! Deixe estar, patrãozinho, tudo é comigo... vancê só tem é que atar o gagino..

Depois os dois se abriram e ainda estiveram de cochicho, rematando as suas tramas. O capitão montou.

– Bueno!... Vejam o que fazem; eu vou buscar a gente, e, conforme chegar, carrego. Vocês devem-se arrinconar junto da carreta, para eu saber. Blau!... não cochiles: o ruivo não é trigo limpo!...

E desandou por entre as árvores.

Quando não se ouviu mais nada o chiru convidou.

– Vamos: nos apresentamos como passados, que já andamos entocados aqui há uns quantos dias. Deixe estar, que eu falo… estes caramurus são uns bolas... Vai ver como passamos o buçal.. . logo nos aceitam! Vamos! Ah! meta dentro da camisa uma cana de rédea... é para a maneia do homem... Os companheiros depois nos levam os mancarrões, a cabresto.

E metemos a cabeça no mato, ele adiante, a rumo do cheiro, dizia.

Andamos mais de seis quadras; nisto, o chiru pego a cantar umas copias, devagar, meio baixo, como quem anda muito descansado, de propósito para ir chamando o ouvido de algum bombeiro, se houvesse...

Ora... dito e feito! Com duas quadras mais, um vulto junto duma caneleira morruda, gritou, no sombreado das ramas:

– Quem vem lá!

– É de paz!

– Alto! Quem é?

– É gente pra força, patrício! Andamos campeando vocês desde já hoje...

– Há! Pra quê?

– Ora, pra quê... Pra escaramuçar os farrapos!... E queremos jurar bandeira com o ruivo...

– Ah! vancês conhecem o comandante?

– Ora... ora! Mangangá de ferrão brabo! Ora, se conheço... Então, seguimos?...

– Passem. Vão por aqui... até topar um sangradouro...; aí tem outra sentinela; diga que falou comigo, o Marcos...

– 'Tá bom... Quando render, vá tomar um mate comigo!...

Fomos andando, até a sanga dita; aí topamos com a outra sentinela; o chiru nem esperou o grito, ele é que falou, ainda longe;

– Oh... sentinela!

– Quem vem lá?...

– Foi o Marcos que nos mandou; andávamos extraviados... ele nos conhece... vamos levar umaviso ao comandante... É dos farrapos que andavam ontem por aqui... foram corridos...

– Hã! Pois passem...

– Sim... Pois é... foram-se à ramada do Guedes... Com um couro na cola, os trompetas!... Tem ai cavalhada de refresco?

– Que nada! A reiunada está estransilhada... A gente a custo se mexia... E pra mal dos pecados ainda o comandante traz uma china milongueira, numa carreta toldada, que só serve pra atrapalhar a marcha... A china é lindaça... mas é o mesmo, .. sempre é um estorvo!...

Aqui o Picumã se acoc'rou, tirou uma ponta de trás da orelha e pediu-me:

– Dá cá os avios, parceiro... E bateu fogo. Reparei que a respiração do chiru estava a modo entupida... Mas pegou outra vez:

– É... o Marcos disse-me que o comandante é mui rufião...

– É mesmo; mal empregada, a cabocla; qualquer dia ele mete-lhe os pés... é o costume... Ora!...

– É... assim, é pena... Vamos, parceiro. Até logo. Como é a sua graça?

– João Antônio, seu criado... E a sua, inda que mal pergunte?

– Juca, patrício... Juca no mais... Quando render, espero a sua pessoa para um amargo!...

– 'Stá feito!... Vá em paz!...

E outra vez nos mexemos, agora sobre o acampamento dos legais. Começamos a ouvir o falaraz dos homens, assobios, risadas, picamento de lenha, uma rusga de cachorros.

Mais umas braças. Chegamos. No meio do campestre uma fogueira grande, rodeada de espetos onde o churrasco chiava, pingando o fartum da gordura; nas brasas, umas quantas chocolateiras, fervendo; armas dependuradas, botas secando, japonas abertas, e ponchos, nos galhos. Deitados nos pelegos, nas caronas, muitos soldados ressonavam; outros, em mangas de camisa, pitavam, mateavam.

Do lado da sombra uma carreta toldada. Num fueiro, pendurado, um porongo morrudo, tapado com um sabugo; vestidos de mulher, arejando, diziam logo o que aquilo era. Pertinho, outro fogão, também com churrasco, uma chaleira aquentando e uma panela cozinhando algum fervido... Uma fumaça mui azul, cerrava tudo, alastrando-se na calmaria da ressolana.

Dois cavalos à soga, e um outro, bem aperado, maneado, pastando.

Mal que desembocamos do mato vimos tudo… e tudo com jeito de acampamento relaxado.

O chiru foi andando como cancheiro, e eu, na cola dele. Nisto um sujeito, deitado nos arreios, gritou-nos:

– Che! Aspa-torta! Então isto aqui é quartel de farrapos?… não se dá satisfações a ninguém?...

– Foi o Marcos, que nos mandou...

– Que Marcos?

– O Marcos, que está de sentinela… e o João Antônio... sim, senhor, para falar com o comandante...

– Isso é outro caso… O comandante está sesteando... Se quiserem, esperem ali, junto da caneta. Já comeram?

– Já, sim senhor.

– Pois então!... Vão! E apontou.

Arrolhamo-nos na sombra da carreta, junto da roda, encostando a cabeça na maça. Eu estava como em cima de brasas… não era pra menos...

Cuna!... Se descobrissem, nos carneavam, vivos!...

O Picumã cochilava... mas estava alerta, porque às vezes eu bem via fuzilar o branco dos olhos, na racha das pálpebras, entre o sombreado das pestanas...

A milicada começou a retirar os churrascos, já prontos e foi-se arranchando em grupos, para comer.

Nisto, por cima de nós, dentro da carreta, ouvimos falar, e depois uma risada moça, e logo uma mulher desceu, barulhando anáguas.

O chiru, que estava com os braços encruzados por cima dos joelhos, quando sentiu a mulher, afundou a cabeça pra diante, escondendo a cara... e o chapéu ainda ficou imprensado entre a testa e a curva do braço... Então passou pela nossa frente a cabocla... viu um como dormindo e o outro, que era eu, mui derreado e bocó... E foi-se à panela, mirou-a, apertando os olhos pro via da fumaça e do mormaço do brasido...

– Por Deus e um patacão!...

Era um chinocão de agalhas!... Seiúda, enquartada, de boas cores, olhos terneiros... e com uma trança macota, ondeada, negra, lustrosa, que caía meio desfeita, pelas costas, até o garrão!...

– Por que seria que este diabo largou o meu capitão, para se acolherar com este tal ruivo?... Isto de chinas e gatos... quem amimar sai arranhado... Talvez por este ser ruivo... talvez por farromeiro... por causa dalgum cavalo que ela gabou e ele regalou-lhe... e até... até por enfarada do outro... Ora vão lá saber!... Nisto a piguancha alçou a panela e voltou pra carreta. O chiru então, com a cara de lado, soprou-me de leve:

– Ela não se arpistou quando me viu?...

– Não... nem nos benzeu com um olhado... É uma cabocla enfestada!...

– Cale a boca... Apronte-se que o fandango não tarda.

– Eu preferia bailar com a morena...

Aqueles dois do mate convidado não vêm mais....

– Os sentinelas?

– Sim; com certeza o capitão enxugou-os... Está me palpitando que a gente está desabando aí...

Palavras não eram ditas, que saiu do mato um milico, pondo a alma pela boca, e balançando, de cansaço e medo, mascou a nova:

– Os farrapos! Os farrapos! Mataram o João Antô!... Estrondeou um tiro... zuniu uma bala... um legal virou, pataleando. E pipoqueou a fuzilaria em cima da camelada! Eu, pulei logo para o recavém da carreta, para me botar ao ruivo; mas antes de chegar já ele tinha descido... e se foi ao cavalo, que montou de pulo e mesmo sem freio e maneado, tapeando-o no mais, tocou picada fora. E berrou à gente:

– Pra o rincão! Pra o rincão! E com a folha da espada tocou o flete, que pelo visto era mestre naquelas arrancadas. Mesmo assim eu ia ver se segurava o homem, mas o chiru gritou-me:

– Deixe! Deixe! Agora é tarde!...

Naturalmente de dentro da carreta a china viu o entrevero, e que o negócio estava malparado; e pulou pra fora, pra disparar e ganhar o mato. Mas quando pisou o pé em terra, a mão do Juca Picumã fechou-me o braço, como uma garra de tamanduá...

A cabocla não estava tão perdida de susto, porque ainda deu um safanão forte e gritou, braba:

– Larga, desgraçado!... E olhou, entonada... mas conheceu o chiru e ficou abichornada, pateta...

– O tata! O tata!...

– Cachorra!... Laço, é o que tu mereces!...

– Me largue, tata!...

– Primeiro hei de cair-te de relho... pra não seres a vergonha da minha cara... Neste instante, fulo de raiva, o nosso capitão manoteou-a pelo outro braço.

– Ah! mencê... perdão!... Nunca mais!... Eu... Eu...

– Eu é que vou dar-te sesteadas com o ruivo, guincha desgraçada!

E furioso, piscando os olhos, com as veias da testa inchadas, largou o braço da morena mas agarrou-lhe os cabelos, a trança quase desmanchada, fechando na mão duas voltas, agarrou curto, entre os ombros, pertinho da nuca.., e puxou pra trás a cabeça da cabocla..., com a outra mão pelou a faca, afiada, faiscando e procurou o pescoço da falsa...

Chegou a riscar… riscar, só, porque o chiru velho, o Juca Picumã, foi mais ligeiro: mandou-lhe o facão, de ponta, bandeando-o de lado a lado, pela altura do coracão!…

– Isso não!... é minha filha! disse.

O capitão revirou os olhos e deu um suspiro rouco… depois respirou forte, espirrou uma espumarada de sangue e afrouxou os joelhos... e logo caiu, pesado, com uma mão apertada, sem largar a faca, com a outra mão apertada, sem largar a trança...

E a china, assim presa; rodou por cima dele, lambuzando-se na sangueira que golfava pelo rasgão do talho, que bufava na respiração do morrente…

Vendo isso, o Picumã quis soltar a piguancha e forçou abrir a mão do capitão: qual! era um torniquete de ferro; tironeou... nada! Então, sem perder tempo, com o mesmo facão matador cortou a trança, rente, entre a mão do morto e a cabeça da viva... Foi– ra… raaac!– e a china viu-se solta, mas sura da trança, tosada, tosquiada, como égua xucra que se cerdeia a talhos brutos, ponta abaixo, ponta acima...

E mal que sentiu-se livre sacudiu a cabeça azonzada, relanceou os olhos assombrados, arrepanhou as anáguas e disparou mato dentro, como uma anta...

– Cachorra!... vai-te!... rugiu o chiru, limpando o ferro na manga da japona. E olhando o corpo do capitão, cuspiu-lhe em cima, resmungando:

– Pois é... seduziu... e agora queria degolar... E mui triste, pra mim:

– Vancê vai dar parte de mim?

– Esta é a Rosa, a tua filha?

– Sim, senhor, que eu criei com tanto zelo!... E mais não pudemos dizer, porque o entrevero rondou para o nosso lado.. . e tivemos que fazer pela vida!... No meio do berzabum o Picumã ainda achou jeito de atirar uns quantos tições pra dentro da carreta... e daí a pouco o fogo lavorava forte naquele ninho de amores A la fresca!... que ninho!... Alguém gritou: o capitão ‘stá morto!... Vamos embora!... Um de a cavalo atravessou-o no lombilho e fomos retirando, tiroteando sempre. Mas a trança não ia mais na mão do morto.

Passaram-se uns três meses largos; em muita correria andamos, surpresas, tiroteios, combates sérios.

Um dia um estancieiro regalou-me um pingo tordilho, pequenitate, mas mui mimoso. Quando eu ia sentar-lhe as garras, apareceu-me o Picumã, sempre esfrangalhado e com cara de sono e disse-me, desembrulhando um pano sujo:

– Vim trazer-lhe um presente; é um trançado feito por mim; e há de ficar mui bem no tordilho, porque é preto...

E ajeitou na cabeça do cavalo um buçalete e cabresto preto, de cabelo, trançado na perfeição. Nunca passou-me pela ideia cousa nenhuma a respeito...

O meu esquadrão marchou para a fronteira; depois andamos de Herodes para Pilatos, até que no combate das Tunas... fomos topar com os antigos companheiros de divisão. Brigamos muito, nesse dia. Aí ganhei as minhas batatas de sargento.

Não sei como ele soube, mas de noute um fulano procurou-me dizendo que o soldado Juca Picumã, um chiru velho, que estava muito ferido, pedia para eu não deixá-lo morrer sem vê-lo.

Lá fui. Estava o chiru deitado nas caronas e todo reatado de panos, pela cabeça, nas costelas, nas pernas.

O coitado gemia surdo, de boca fechada; e às vezes cuspia preto...

Quando me viu, à luz de uma candeia de barro fresco, quis mexer os ossos e não pôde...

– Então, Picumã... homem afloxa o garrão?... E ele falou tremendo na voz:

– Estou... como um crivo... Eram oito... em cima... de mim... só pude... estrompar... cinco!... Vancê... ainda... tem... aquele buçalete?...

– Tenho sim; meio estragado, mas tu ainda hás de compô-lo, não é?... Não... eu queria... eu queria... lhe... lhe pedir... ele, outra vez... pra... pra mim...

– Pois sim, dou-te! Amanhã trago-te.

– E do... do cabelo da Rosa... a trança... lembra-se?...

Levantei-me, como se levasse um pregaço no costilhar... O buçalete era feito do cabelo da china?!... E aquele chiru de alma crua... E quando firmei a vista no índio, ele arregalou os olhos, teve uma ronqueira gargalejada e finou-se, nuns esticões...

Nessa mesma madrugada fui mandado num piquete de reconhecimento, de forma que não soube onde nem como foi enterrado o Picumã, porque o meu desejo era atirar-lhe pra cova aquele presente agourento...

Agourento... agourento não digo, porque afinal enquanto usei aquele buçalete nunca fui ferido.., e ganhei de uma a quatro divisas...

Tem é que dobrei a prenda, reatei-a com um tento e soquei-a pro fundo da maleta, até ver...

Até que um dia, como lhe disse, soube que a Rosa morreu e então... ah!... já lhe disse também: atirei para a cova da china os cabelos daquela trança... doutro jeito, é verdade... mas sempre os mesmos!...

MELANCIA – COCO VERDE

– Vancê pare um bocadinho; componha os seus arreios, que a cincha está muito pra virilha. E vá pitando um cigarro enquanto eu dou dois dedos de prosa àquele andante… que me parece que estou conhecendo… e conheço mesmo!... É o índio Reduzo, que foi posteiro dos Costas, na estância do Ibicui.

– Vancê desculpe a demora: mas quando se encontra um conhecido do outro tempo – e então do tope deste! – a gente até sente uma frescura na alma!… Coitado, está meio acalcanhado… mas, bonzão, ainda!

Pois aquele cuerudo que vancê está vendo, teve grito d'armas!... Vou contar-lhe uma alarifagem em que ele andou metido, e que só depois se soube, pelo miúdo, e isso mesmo porque a própria gente do caso é que contava.

O Reduzo foi nascido e criado em casa dos Costas, ainda no tempo do velho, o Costa lunanco, um que foi alferes dos dragões do Rio Pardo. Este Costa lunanco era um pente-fino, que naquele tempo arranjou tirar para ele e para os filhos – miudagem, ainda – como quatro sesmarias de campo, sobre o lbicui, pegadas umas nas outras, e com umas divisas largas... como goela de gringo!...

O chiru criou-se junto com os meninos, e desde ninhar e armar urupucas, até botar as vacas, irem aos araçás e pegar mulitas, tudo faziam juntos.

Quando eram já taluditos o velho começou a encostá-los no serviço, também sempre de companheiros; e assim foram aprendendo a campeirear, domando, capando... até saberem apartar boi gordo e tocar uma tropa.

Neste entrementes rebentou outra vez uma gangolina com os castelhanos.

Um dos moços, que era um quebra largado, nomeado por Costinha, esse, foi dos primeiros a se apresentar ao comandante das armas, pra servir. E tais cantigas cantou ao velho Costa, que este deixou o Reduzo ir com ele, de companheiro e ordenança, porque o rapaz era cadete, com estrela, e tinha direito.

O chiru ficou todo ganjento; imagine vancê que colhera, daqueles dois aruás!...

Neste passo porém deu-se uma cousa em que o Costinha nem tinha pensado.

E rabo de saia, já se vê...

O cadete tinha uma paixão braba por uma moça lindaça – a sia Talapa –, filha dum tal Severo, também fazendeiro dali pertinho, obra de cinco léguas.

O moço Costinha de vez em quando aparecia por lá, matava as saudades; fazia umas agachadas, e vinha-se embora trazendo nos olhos o encantamento dos olhos da namorada.

O velho Severo parece que não queria o casamento dos dois, nem por nada; teimava e berrava que ela havia de casar-se com o sobrinho dele, primo dela, um que tinha uma casa de negócio na Vila.

Esse tal era um ilhéu, mui comedor de verduras, e que para montar a cavalo havia de ser em petiço e isso mesmo o petiço havia de ser podre de manso... e até maceta... e nambi... e porongudo!...

A moça chorava que se secava, quando caçoavam na com o primo e o casório.

Era mesmo uma pena, lhe digo... casar uma brasileira mimosa com um pé de chumbo, como aquele desgraçado daquele ilhéu... só porque ele tinha um boliche em ponto grande!...

O caso é que o Costinha gostava da moça e a moça gostava dele: tem, é que não atavam nem desatavam... e o velho Severo puxava a pera, torcendo as ventas...

O ilhéu às vezes vinha à estância do tio, em carretinha...; veja vancê como ele era ordinário, que nem se avexava. de aparecer de carretinha, diante da moça!... E era só cama com lençóis de crivo, para o primo; fazia-se sopa de verdura para o meco; e até bacalhau aparecia, só pra ele!...

Que isto das nossas comidas, um churrasco escorrendo sangue e gordura e salmoura...uma tripa grossa assada nas brasas... uma cabeça de vaquilhona... uma paleta de ovelha; e mogango e canjica e coalhada. .. e uns beijus e umas manapanças. .. e um trago de cana e um chimarrão por cima... e para rebater tudo, umas tragadas dum baio, de naco bem cochado e forte... tudo isso, que é do bom. e do melhor, para o ilhéu não valia nem um sabugo!...

Tuuh! diabo!... Até me cuspo todo, quando me lembro daquele excomungado!...

– Vancê está se rindo e fazendo pouco?... E porque vancê não é daquele tempo... quando rompeu a independência lá na Corte do Rio de Janeiro... e depois tivemos que ir pra coxilha fazer a guerra dos Farrapos, com seu general Bento Gonçalves, que foi meu comandante, sim senhor, graças a Deus... e mais os outros torenas!...

Galego, naquele tempo, era gente, vancê creia! Estância, era dele; negócio, era dele; oficial, era só ele; era arrematante das sisas, ele; surgião, ele; padre-vigário, ele; e pra botar a milicada em cima dos continentistas... era ele!...

E cada presilha!...

Gente da terra não valia nada!...

– Que é que vancê está dizendo?... O que nós somos hoje a eles devemos? Qual! É verdade que uns inventaram plantação de trigo... isso enfim, era bom...; sempre era uma fartura; noutras casas plantavam e fiavam linho... também não era mau, isso; noutras cardavam lã... Algum mais vivaracho botava tenda e vendia mechiflarias ou prendas de ouro... Nalguns trocava-se uns quantos couros por um pão de açúcar, e pipote de cana por qualquer meia dúzia de vacas. E sempre corria alguma dobla, de salário, e algum cruzado pela peonada de ajuste.

Mas, como quera... eram mui entonados, os reinóis. Onde é mesmo que eu estava? Ah!... O Costinha e sia Talapa tinham juramento entre eles, de se casarem, ainda que ela saísse de casa na garupa do namorado, se o carrança do velho Severo não consentisse. Com o ilhéu é que nunca!

Pois foi por estas alturas que os castelhanos bandearam a fronteira e o Costinha assanhou-se.

Foi uma despedida de arrebentar a alma! Ele deixou-lhe de lembrança uma memória e ela deu-lhe um negalho de cabelo. E combinaram que pra qualquer recado ou carta ou aviso, ela teria o nome de Melancia e ele de Coco verde. Só eles, ninguém mais saberia; que era para despistar algum xereta.

E como a despedida foi de noite, e ela veio acompanhá-lo até a porta... até a ramada, onde ele montou a cavalo… e como ventava forte, e a vela que um crioulo trazia apagou-se… parece que houve a roubada de uma boquinha... porque ele tocou a trotezito, calado, e ela, ficou como entecada, no mesmo lugar, calada... Quem não soubesse jurava que se despediam enfunados, quando a verdade é que se despediam chorando nos olhos mas tocando música no coração... por causa daquela bicota arreglada no escuro, mas que valeu como um clarão!... Ninguém viu… só o Reduzo.

Nessa madrugada o cadete marchou.

O velho Severo deixou passar um mês ou mais; quando teve notícia de que as forças andavam bem longe, e trançadas com o inimigo, e que ninguém de lá podia sair assim a dois tirões. . . sem falar nos balázios e nos lançaços – que isso era a boche! –, quando inteirou-se de tudo, mandou à Vila o capataz para vir acompanhando o sobrinho, a quem escreveu uma carta grande, fechada com mais obreias do que tragos de vinho tem um copo de missa, de padre gordo!...

Oral... daí a uns dias o ilhéu batia na estância, de carretinha e com um carregamento de cousas. E já começaram a aferventar o casamento.

Imagine vancê o cerco em que se viu a pobre da sia Talapa! Eram os pais dela; a parentalha; vizinhos velhos, cancheiros da estância... tudo a dizer, a gabar, a achar até bonito o ilhéu...

E já foram alinhavando papéis, e preparos de vestidos e doçarias, perus na engorda, leitões no chiqueiro, terneiras pros churrascos.

Uma negra que havia lhe dado de mamar era a única criatura que chorava com a moça… mas chorava escondido, a pobre, por medo do laço... De noite, fechadas no quarto as duas abraçavam-se, rezavam e só diziam, no consolo duma esperança:

– Mãe santíssima... valei-me!...

– Nossa Senhora!… manda nhô Costinha aparecer!..

Afinal chegou o dia marcado. Veio o vigário com o sancristão e gentama de toda parte; não digo bem: o velho Costa lunanco nem a família não foram convidados.

Mas assunte vancê como se passaram as cousas.

Pela Vila tinha justamente passado a meia-rédea um chasque para as forças em que servia o cadete. O chasque era rapaz novo, alegre, mui relacionado por aqueles meios; enquanto mudava de cavalo tinha ido tomar um refresco no negócio do ilhéu, e aí, pela gente da casa soube a nova do casamento, do dia certo, dos preparos da jantarola, enfim, de tudo, tudo, pelo miúdo.E mal que apertou os pelegos, montou, – e se foi – que o rei manda marchar, não manda chover.

Quando bateu no acampamento e entregou os ofícios que levava, procurou a rapaziada conhecida e portanto o Costinha, para dar a novidade do casório da sia Talapa com o primo.

Como touro de banhado laçado a meia espalda, assim ficou o moço. Amassou o sombreiro sobre a orelha, afivelou a espada e gritou:

– Me vou, e é já! Reduzo!

– Pronto!

– Encilha os nossos cavalos! Já! Vamos embora!... Deserto!... Hei de lonquear aquele galego ordinário!... Deserto... Deserto... acabou-se!

– Encilho? reperguntou o chiru.

– Sim, coos diabos! berrou o desesperado.

Neste momento o clarim deu toque de alarma… e como pra acoquinar o pobre um cabo veio a toda pressa chamar o Costinha, de ordem do comandante... Veja vancê que entaladela!

Pelos altos das coxilhas avistava-se uma partida do inimigo. O comandante então deu ao Costinha uma prova de confiança, pois encarregou-o de uma carga sobre um flanco dos atacantes...

–E agora?!...

–Filho de tigre é pintado!…

Diante do dever o moço engoliu a tristeza, e mesmo não quis se desmoralizar desertando justamente naquela hora de peleia.

Mas coriscou-lhe um pensamento... e logo montou, formou a gente, tomou a testa do piquete e disse ao Reduzo.

– Procura-me, que te preciso!...

Desembainhou a espada, deu um viva a Sua Majestade!– e despencou-se, firme nos estribos, com o chapéu caído pra trás, sobre um ombro, preso pelo barbicacho. E a gauchada, reboleando as lanças, carregou, a gritos, fazendo tremer a terra e o ar.

O Reduzo, de pura pabulagem, atou a cola do pingo e logo riscou, escaramuçando, na culatra dos companheiros.

E foi mesmo no meio da carga, entre gritos, juras, palavrões, tiros, pontaços de espadas e coriscos de lanças, pechadas de cavalos, foi nesse berzabum do entrevero que o Costinha industriou o chiru;

– Tu, sai já; vai direito lá em casa, mas não chegues. A Talapa, depois d'amanhã, de noite, se casa, à força, com o ilhéu… Tu, mata cavalos, boleia e monta os que precisares... arrebenta-te, mas chega antes do casamento... Não digas a ninguém, nem lá em casa, que me viste, nem que sabes de mim... Mas vai ao velho Severo, mete-te lá, custe o que custar e acha jeito de dizer, que ela ouça, que o coco verde manda novas à melancia... Ela entende. Compreendes?... Eu sou o Coco Verde, ela é a Melancia... Só nós sabemos isso... e tu, agora. Vai. Tu vais adiante; logo mais eu sigo, se não morrer neste revira. Vai, Reduzo!... Coco verde... Melancia... Não esqueças... Abaixa-te!... abai!...

E enquanto o chiru se deitava no pescoço do cavalo e uma lança de três pontas escorregava-lhe por cima do espinhaço, o Costinha, com um tiro de pistola derrubava um gadelhudo lanceador... e continuava o sermão:

– Olha, não brigues... pra não perder tempo... Olha... é depois d'amanhã... Se dormires, se comeres no caminho, não chegas a tempo!... Sempre a meia-rédea, Reduzo! Eu não posso desertar agora... Senão, eu ia... Vou logo... amanhã. Tu, agora!... já sabes:

– Coco verde manda novas a Melancia... Diz como quem não quer... . Só ela entende... O que é preciso é que ela ouça...

– Acuda aquele, patrãozinho, que eu tempero estes!...

Isso disse o chiru e esporeando o flete atirou-o contra dois desalmados que iam degolar um ferido... emborcou-os a patadas e logo gritou ao moço:

– Já sei tudo! Deus ajude! Lá le espero!...

E riscou campo fora, rumo da querência, ainda batendo na boca, num pouco caso dos castelhanos!

E bateu na marca!... Boleou e mudou cavalos alheios, pediu outros no caminho, tomou um, à força, largou os arreios porque rebentou-se-lhe o travessão e não tinha tempo para remendá-lo, mas com duas braças de sol, na tarde do casamento, veio dar no velho Severo, de em pelo – pelego, e freio –, as boleadeiras na cintura, o facão atravessado no cinto, e sem mais nada; moído, entransilhado, estrompado, varado de fome, com sono, com frio, mas ainda de olho vivo e língua pronta, contando uma rodela mui deslavada.., que vinha de casa, andava campeando umas tambeiras... e uma vaca mocha, que não apareciam no gado manso, havia dois dias!...

O velho Severo pasmou...

– Uê! chiru!... Pois tu não tinhas ido com o seu Costinha?

– Eu?... Não sr., patrão! Fui só levar uns cavalos até o meio do caminho e dei volta. Diz que lá bala é como chuva... e lança, como roseta!... Não vê!... E dele mesmo, nem notícia nenhuma, té agora... Vancê dá licença de campear os alimais?

– Deixa isso pra amanhã. Hoje estamos de festa. Fica aí, pra tomares um copo de vinho e comer uns doces à saúde do noivado... Vai pra o galpão...

– Sim, senhor patrão: Deus lhe pague. Eu hei de fazer uma saúde, sim senhor...

Pois sim, pois sim; vai! O sorro entrou no galinheiro... Quando apeou-se, o chiru estava de pernas duras; aguentou-se como um tigre, pra não dormir. Daí a pouco pegaram a jantarola. O casamento ia ser de noite, depois da comida; depois, baile.

Havia uns quantos cantadores, e violas; dava pra dançar a tirana, o anu e a mancada na casa-grande e no terreiro.

O Reduzo foi se fazendo de sancho rengo... e foi se encostando pra janela da sala de jantar..., e por ali foi comendo e bebendo, como soldado estradeiro, que não se aperta...

A noiva estava como um defunto: branca, esverdeada, de olhos fundos e chorando sem alívio; a negra, ama, atrás dela, muito retinta, só mexia o branco dos olhos, parecia uma alma penada, do purgatório...

O ilhéu é que estava solto!...

Parecia que tinha bicho-carpinteiro, o desgraçado!...

Só estava era meio vendido com o jeito da noiva, mas fingia não se dar por achado, o velhaco...

Um convidado levantou-se e fez uma saúde; depois outro, e outro e outro; cada um fazia o seu verso. Havia risadas, o noivo agradecia... a noiva chorava. Os convidados aplaudiam; moças também botaram versos; os rapazes respondiam; foi se virando tudo numa alegria geral. Nisto o capataz da estância chegou à porta e pediu licença pra oferecer um verso à saúde do noivado, e botou uma décima bem bonita. Outros, posteiros e agregados, também. Nesse entrementes o velho Severo perguntou:

– Que é do Reduzo? Oh! Chiru?...

– Pronto, patrão, respondeu o caboclo.

– Então?... e a saúde prometida?

– Já vai, sim senhor!

E amontoando-se para a mesa, bem junto dos que estavam sentados, frente a frente dos noivos, olhando pra sia Talapa o chiru levantou o copo e disse:

– Eu venho de lá bem longe, da banda do Pau Fincado: Melancia, coco verde. Te manda muito recado!

E enquanto todos se riram e batiam palmas, enquanto o ilhéu se arreganhava numa gargalhada gostosa, e o velho Severo, mui jocoso, gritava – gostei, chiru! outra vez! – e enquanto se fazia uma paradita no barulho, a noiva se punha em pé como uma mola, e com uma mão grudada no braço da ama, já não chorava, tinha um cobreado no rosto e os olhos luziam como duas estrelas pretas!...

Lindaça ficou, como uma Nossa Senhora!

O Reduzo aproveitou o soflagrante e soltou outro verso:

Na polvadeira da estrada O teu amor vem da guerra:... Melancia desbotada!... Coco verde está na terra!...

Amigo! Nem lhe sei contar o resto!... A noiva atirou-se pra trás e pegou aos gritos. A gente da mesa levantou-se toda; o mulherio correu, pra acudir... O padre-vigário benzia pra os lados... O ilhéu olhou para o Reduzo, viu-lhe o facão atravessado... e tomado dum mau espírito, gritou furioso e escarlate:

– Foi esse negro, com tanta arma, que estarreceu a menina! Um que estava perto do chiru gritou-lhe na cara: – Que desaforo é este?... O Reduzo – cuê-pucha! índio dente-seco! – largou-lhe os cinco mandamentos, de em cheio! Porém caíram-lhe em cima; foi uma desgraceira! O ilhéu, do outro lado da mesa sampou-lhe com uma botija de bebida, que acertou bem entre o queixo e o ouvido do chiru...

Fechou o salseiro, nem se sabia bem com quem.

Nessa inferneira o Reduzo mergulhou por baixo da mesa e quando surdiu, foi para arriar o braço, dar uma volta na traira e reiunar o ilhéu... E antes que o picassem – que o picavam! – pulou por uma janela e se foi ao galpão onde montou no primeiro matungo que encontrou e abriu os panos!...

O resto é simples.

Passados dois dias chegava o Costinha, como bagual com couro na cola; e apresentou-se ao velho Severo, pedindo a mão da moça, O velho teve de desembuchar, contar o compromisso em que estava e que até havia se demorado o casamento por causa dum estropício mui bruto, que tinha havido,.. O Costinha não quis saber de nada... armou banzé...; veio a moça à fala...

Vancê imagina: rebentou o laço pra mais de quatro...

Pra não afrontar o velho Severo, o Reduzo teve de andar escondido. Tempos depois do Costinha já casado, então o chiru tomou conta dum posto; depois passou a capataz.

Era o confiança da casa.

Veja vancê que artes de namorados: Melancia... Coco-verde!...

O ANJO DA VITÓRIA

– Foi depois da batalha de Ituzaingo, no passo do Rosário, pra lá de São Gabriel, do outro lado do banhado de Inhatium. Vancê não sabe o que é inhatium?

– É mosquito: bem posto nome!

– Banhado de Inhatium... Virge' Nossa Senhora!... mosquito, aí, fumaceia, no ar!

Eu era gurizote: teria, o muito, uns dez anos; e andava na companha do meu padrinho, que era capitão, para carregar os peçuelos e os avios do chimarrão.

As cousas da peleia não sei, porque era menino e não guardava as conversas dos grandes; o que eu queria era haraganear; mas, se bem me lembro, o meu padrinho dizia que nós estávamos mal acampados, e estransilhados, pensando culatrear o inimigo, mas que este é que nos estava nos garrões; não havia bombeiros nem ordem, que o exército vinha num berzabum, e que o general que mandava tudo, que era um tal Barbacena, não passava de um presilha, que por andar um dia a cavalo já tinha que tomar banhos de salmoura e esfregar as assaduras com sebo...

O meu padrinho era um gaúcho mui sorro e acostumado na guerra, desde o tempo das Missões, e que mesmo dormindo estava com meio ouvido, escutando, e meio olho, vendo...; mesmo ressonando não desgrudava pelo menos dois dedos dos copos da serpentina...

Num escurecer, enquanto pelo acampamento os soldados carneavam e outros tocavam viola e cantavam, ou dormiam ou chalravam, o que sei é que nesse escurecer o meu padrinho mandou pegar os nossos cavalos; e encilhamos até a cincha; e depois nos deitamos nos pelegos, com os pingos pela rédea, maneados: ele, armado, mateando; eu, enroscadito no meu bichará, e o ordenança, que era um chiru ombrudo, chamado Hilarião, pitando.

Eu, como criança, peguei logo a cochilar.

Amigo! Vancê creia: o coração às vezes, trepa, dentro da gente, o mesmo que jaguatirica por uma árvore acima!...

Lá pelas tantas, ouviu-se cornetas e clarins e rufos de caixa...; mas o som dos toques andava ainda galopeando dentro do silêncio da noite quando desabou em cima de nós a castelhanada, a gritos, e já nos foi fumegando bala e bala!...

Numa arrancada dessas é que o coração trepa, dentro da gente, como gato...

– Desmaneia e monta! gritou o meu padrinho; ele que falava, eu e o chiru que já estávamos enforquilhados nas ganas.

E por entre as barracas e ramadas; por entre os fogões meio apagados, onde ainda havia fincados espetos com restos de churrascos; por entre as carretas e as pontas de bois mansos e lotes de reiunos; no fusco-fusco da madrugada, com uma cerraçãozita o quanto-quanto; por entre toques e ordens e chamados, e a choradeira do chinaredo e o vozerio do comércio, já no cheiro da pólvora e em cima dos primeiros feridos, formou-se o entrevero dos atacantes e dos dormilões.

E cantou o ferro... e choveu bala!...

O meu padrinho levantou na rédea o azulego: e de espada em punho, o chiru, com uma lança de meia-lua – e eu entre os dois, enroscadito no meu bichará – nos botamos ao grosso do redemoinho, para abrir caminho para o quartel-general do dito Barbacena.

Como lá chegamos, não sei.

A espada do meu padrinho estava torcida como um cipó, e vermelha, e o azulego tinha uns quantos lanhos na anca; o Hilarião tinha um corte de cima a baixo da japona, e eu levei um lançaço, que por sorte pegou no malote do poncho.

Mas, varamos.

No quartel do Barbacena ninguém se entendia.

A oficialada espumava, de raiva, e um cutuba, baixote, já velho, botava e tirava o boné e metia as unhas na calva, furioso, de ralar sangue!...

Esse, era um tal general Abreu... um tal general José de Abreu, valente como as armas, guapo como um leão… que a gauchada daquele tempo – e que era torenada macota! – bautizou e chamava de – Anjo da Vitória!

Esse, o cavalo dele não dava de rédea para trás, não! Esse, quando havia fome, apertava o cinto, com os outros e ria-se!

Esse, dormia como quero-quero, farejava como cervo e rastreava como índio...; esse, quando carregava, era como um ventarrão, abrindo claros num matagal.

Com esse... castelhano se desguaritava por essas coxilhas o mesmo que bandada de nhandu, corrida a tiro de bolas!...

Era o Anjo da Vitória, esse!

Daí a pouco apareceu um outro oficial, mocetão bonito, que era major. Este chamava-se Bento Gonçalves, que depois foi meu general, nos Farrapos.

Os dois se conversaram, apalavraram os outros e tudo montou e tocou pra rumos diferentes.

No acampamento estrondeava a briga.

Já tinha amanhecido.

Eu andava colado ao meu padrinho, como carrapato em costela de novilho. Por onde ele andou, andei eu; passou, passei; carregava, eu carregava; fazia cara-volta, eu também.

Naquelas correrias, o meu bicharazito, às vezes, enchia-se de vento, e voava, batia aberto, que nem uma bandeira-cinzenta...

O major Bento Gonçalves formando a cavalaria, aguentava como um taura as cargas do inimigo, para ir entretendo, e dar tempo à nossa gente de quadrar-se, unida.

Os castelhanos, mui ardilosos, logo que aquentou o sol tocaram fogo nos macegais onde estava o carretame; o vento ajudou, e enquanto eles carcheavam a seu gosto, uma fumaça braba tapou tudo, do nosso lado!...

Então o general Abreu no alto do coxilhão formou os seus esquadrões: o meu padrinho comandava um deles.

Formou, fez uma fala à gente e carregou, ele, na frente, montado num tordilho salino, ressolhador.

Oh! velho temerário! Firme nos estribos, com o boné levantado sobre o cocuruto da cabeça, a espada apontando como um dedo, faiscando, o velhito ponteou aquela tormenta, que se despenhou pelo lançante abaixo e afundou-se e entranhou-se na massa cerrada do inimigo, como uma cunha de nhanduvai abrindo em dois um moirão grosso de guajuvira... E deixando uma estiva de estrompados, de mortos, de atarantados, de feridos e de morrentes – como quando rufa um rodeio xucro... vancê já viu? – varou para o outro lado, mandou fazer – alto, cara-volta! – e mal que reformou os esquadrões, os homens chalrando e rindo, a cavalhada, de venta aberta, bufando ao faro do sangue e trocando orelha, pelo alarido, o velho já se bancou outra vez na testa, gritou – Viva o Imperador! – e mandou –Carrega!

E a tormenta da valentia rolou, outra vez, sobre o campo.

Mas nesta hora maldita, a fumaça maldita nos rodeava e cegava; e mal íamos dando lance à carga – eu, folheirito, abanando no mais o meu bichará pra o Hilarião – rebentou na vanguarda e num flanco a fuzilaria, e vieram as baionetas... e uma colubrina, que nos tiroteavam donde não podia ser!...

A nossa cavalaria se enrodilhou toda, fazendo uma enrascada de mil diabos... e enquanto o tiroteio nos estraçalhava, que os ginetes e os cavalos caíam, varados, e que, por fim, os próprios esquadrões já iam rusgando uns com os outros – aí, amigo, andei eu às pechadas! – enquanto isso... veio uma rajada forte de vento, que varreu a fumaça, limpou a vista de todos e mostrou que era a nossa infantaria que nos tinha feito aquela desgraça...

Então, por cima dos mortos e dos feridos houve um silêncio grande, de raiva e de pena... como de quem pede perdão, calado... ou de quem chora de saudade, baixinho...

Lá longe, os castelhanos, enganados, tocaram a retirada. O nosso quartel-general também tocou a retirada.

Pegou a debandada; dispersava-se a gente por todos os lados, aos punhados, botando fora as pederneiras, as patronas; muitos sotretas fugiram de cambulhada com o chinerio...

Metades de batalhões arrinconavam-se, outras encordoavam marcha.

Os ajudantes galopavam conduzindo ordens... mas parecia que toda a força ia fugindo duma batalha perdida, que não era, porque tudo aquilo era da indisciplina, somentes.

O Anjo da Vitória lá ficou, onde era a frente dos seus esquadrões, crivado de balas, morto, e ainda segurando a espada, agora quebrada.

Campeei o meu padrinho: morto, também, caído ao lado do azulego, arrebentado nas paletas por um tiro de peça; ali junto, apertando ainda a lança, toda lascada, estrebuchava o Hilarião, sem dar acordo, aiando, só aiando...

Deitado sobre o pescoço do cavalo, comecei a chorar.

Peguei a chamar:

– Padrinho! padrinho!...

– Hilarião! Meu padrinho!...

Apeei-me, vim me chegando e chamando – padrinho!... padrinho!... e tomei-lhe a bênção, na mão, já fria...; puxei na manga do chiru, que já nem bulia...

Sem querer fiquei vendo as forças que iam-se movendo e se distanciando.., e num tirão, quando ia montar de novo, sem saber pra quê... foi que vi que estava sozinho, abandonado, gaudério e gaúcho, sem ninguém pra me cuidar!...

Foi então, que, sem saber como, já de a cavalo, enquanto sem eu sentir as lágrimas caíam-me e rolavam sobre o bichará, os olhos se me plantaram sobre o tordilho salino... sobre o coto da espada... sobre um boné galoado...

E o cabelo me cresceu e fiquei de choro parado...e ouvi, patentemente, ouvi bem ouvido, o velho macota, o Anjo da Vitória, morto como estava, gritar ainda e forte:

– Viva o Imperador! Carrega!

O meu bicharazito se empantufou de vento, desdobrou-se, batendo como umas asas... o mancarrão bufou, recuando, assustado… e quando dei por mim, andava enancado num lote de fujões...

Comi do ruim... Vê vancê que eu era guri e já corria mundo...

CONTRABANDISTA

– Batia nos noventa anos o corpo magro mas sempre teso do Jango Jorge, um que foi capitão duma maloca de contrabandistas que fez cancha nos banhados do Ibirocaí.

Esse gaúcho desabotinado levou a existência inteira a cruzar os campos da fronteira: à luz do sol, no desmaiado da lua, na escuridão das noites, na cerração das madrugadas...; ainda que chovesse reiunos acolherados ou que ventasse como por alma de padre, nunca errou vau, nunca perdeu atalho, nunca desandou cruzada!...

Conhecia as querências, pelo faro: aqui era o cheiro do açouta-cavalo florescido, lá o dos trevais, o das guabirobas rasteiras, do capim-limão; pelo ouvido: aqui, cancha de graxains, lá os pastos que ensurdecem ou estalam no casco do cavalo; adiante, o chape-chape, noutro ponto, o areão. Até pelo gosto ele dizia a parada, porque sabia onde estavam águas salobres e águas leves, com sabor de barro ou sabendo a limo.

Tinha vindo das guerras do outro tempo; foi um dos que peleou na batalha de Ituzaingo; foi do esquadrão do general José de Abreu. E sempre que falava no Anjo da Vitória ainda tirava o chapéu, numa braçada larga, como se cumprimentasse alguém de muito respeito, numa distância muito longe.

Foi sempre um gaúcho quebralhão, e despilchado sempre, por ser muito de mãos abertas.

Se numa mesa de primeira ganhava uma ponchada de balastracas, reunia a gurizada da casa, fazia – pi! pi! pi! pi! – como pra galinhas e semeava as moedas, rindo-se do formigueiro que a miuçalha formava, catando as pratas no terreiro.

Gostava de sentar um laçaço num cachorro, mas desses laçaços de apanhar da paleta à virilha, e puxado a valer, tanto, que o bicho que o tomava, ficando entupido de dor, e lombeando-se, depois de disparar um pouco é que gritava, num – caim! caim! caim! – de desespero.

Outras vezes dava-me para armar uma jantarola, e sobre o fim do festo, quando já estava tudo meio entropigaitado, puxava por uma ponta da toalha e lá vinha, de tirão seco, toda a traquitanda dos pratos e copos e garrafas e restos de comidas e caldas dos doces!…

Depois garganteava a chuspa e largava as onças pras unhas do bolicheiro, que aproveitava o vento e le echaba cuentas de gran capitán...

Era um pagodista!

Aqui há poucos anos – coitado! – pousei no arranchamento dele. Casado ou doutro jeito, estava afamilhado. Não nos víamos desde muito tempo.

A dona da casa era uma mulher mocetona ainda, bem parecida e mui prazenteira; de filhos, uns três matalotes já emplumados e uma mocinha pro caso, uma moça –, que era o – santo-antoninho-onde-te-porei! –daquela gente toda.

E era mesmo uma formosura; e prendada, mui habilidosa; tinha andado na escola e sabia botar os vestidos esquisitos das cidadãs da vila.

E noiva, casadeira, já era.

E deu o caso, que quando eu pousei, foi justo pelas vésperas do casamento; estavam esperando o noivo e o resto do enxoval dela.

O noivo chegou no outro dia; grande alegria; começaram os aprontamentos, e como me convidaram com gosto, fiquei pro festo.

O Jango Jorge saiu na madrugada seguinte, para ir buscar o tal enxoval da filha.

Aonde, não sei; parecia-me que aquilo devia ser feito em casa, à moda antiga, mas, como cada um manda no que é seu...

Fiquei verdeando, à espera, e fui dando um ajutório na matança dos leitões e no tiramento dos assados com couro.

Nesta terra do Rio Grande sempre se contrabandeou, desde em antes da tomada das Missões.

Naqueles tempos o que se fazia era sem malícia, e mais por divertir e acoquinar as guardas do inimigo: uma partida de guascas montava a cavalo, entrava na Banda Oriental e arrebanhava uma ponta grande de eguariços, abanava o poncho e vinha a meia-rédea; apartava-se a potrada e largava-se o resto; os de lá faziam conosco a mesma cousa; depois era com gados, que se tocava a trote e galope, abandonando os assoleados.

Isto se fazia por despique dos espanhóis e eles se pagavam desquitando-se do mesmo jeito.

Só se cuidava de negacear as guardas do Cerro Largo, em Santa Tecla, do Haedo... O mais, era várzea!

Depois veio a guerra das Missões; o governo começou a dar sesmarias e uns quantíssimos pesados foram-se arranchando por essas campanhas desertas. E cada um tinha que ser um rei pequeno... e aguentar-se com as balas, as lunares e os chifarotes que tinha em casa!...

Foi o tempo do manda quem pode!... E foi o tempo que o gaúcho, o seu cavalo e o seu facão, sozinhos, conquistaram e defenderam estes pagos!.

Quem governava aqui o continente era um chefe que se chamava o capitão-general; ele dava as sesmarias mas não garantia o pelego dos sesmeiros...

Vancê tome tenência e vá vendo como as cousas, por si mesmas, se explicam.

Naquela era, a pólvora era do el-rei nosso senhor e só por sua licença é que algum particular graúdo podia ter em casa um polvarim...

Também só na vila de Porto Alegre é que havia baralho de jogar, que eram feitos só na fábrica do rei nosso senhor, e havia fiscal, sim senhor, das cartas de jogar, e ninguém podia comprar senão dessas!

Por esses tempos antigos também o tal rei nosso senhor mandou botar pra fora os ourives da vila do Rio Grande e acabar com os lavrantes e prendistas dos outros lugares desta terra, só pra dar flux aos reinóis...

Agora imagine vancê se a gente lá de dentro podia andar com tantas etiquetas e pedindo louvado pra se defender, pra se divertir e pra luxar!... O tal rei nosso senhor, não se enxergava, mesmo!...

E logo com quem!... Com a gauchada!...

Vai então, os estancieiros iam em pessoa ou mandavam ao outro lado, nos espanhóis, buscar pólvora e balas, pras pederneiras, cartas de jogo e prendas de ouro pras mulheres e preparos de prata pros arreios... e ninguém pagava dízimos dessas cousas.

Às vezes lá voava pelos ares um cargueiro, com cangalhas e tudo, numa explosão da pólvora; doutras uma partida de milicianos saia de atravessado e tomava conta de tudo, a couce d'arma: isto foi ensinando a escaramuçar com os golas de couro.

Nesse serviço foram-se aficionando alguns gaúchos: recebiam as encomendas e pra aproveitar a monção e não ir com os cargueiros debalde, levavam baeta, que vinha do reino, e fumo em corda, que vinha da Baía, e algum porrão de canha. E faziam trocas, de elas por elas, quase.

Os paisanos das duas terras brigavam, mas os mercadores sempre se entendiam...

Isto veio mais ou menos assim até a guerra dos Farrapos; depois vieram as califórnias do Chico Pedro; depois a guerra do Rosas.

Aí inundou-se a fronteira da província de espanhóis e gringos emigrados.

A cousa então mudou de figura. A estrangeirada era mitrada, na regra, e foi quem ensinou a gente de cá a mergulhar e ficar de cabeça enxuta...; entrou nos homens a sedução de ganhar barato: bastava ser campeiro e destorcido. Depois, andava-se empandilhado, bem armado; podia-se às vezes dar um vareio nos milicos, ajustar contas com algum devedor de desaforos, aporrear algum subdelegado abelhudo...

Não se lidava com papéis nem contas de cousas: era só levantar os volumes, encangalhar, tocar e entregar!...

Quanta gauchagem leviana aparecia, encostava-se.

Rompeu a guerra do Paraguai.

O dinheiro do Brasil ficou muito caro: uma onça de ouro, que corria por trinta e dois, chegou a valer quarenta e seis mil réis!... Imagine o que a estrangeirada bolou nas contas!...

Começou-se a cargueirear de um tudo: panos, águas de cheiro, armas, minigâncias, remédios, o diabo a quatro!... Era só pedir por boca!

Apareceram também os mascates de campanha, com baús encangalhados e canastras, que passavam pra lá vazios e voltavam cheios, desovar aqui...

Polícia pouca, fronteira aberta, direitos de levar couro e cabelo e nas coletarias umas papeladas cheias de benzeduras e rabioscas...

Ora... ora!... Passar bem, paisano!... A semente grelou e está a árvore ramalhuda, que vancê sabe, do contrabando de hoje.

O Jango Jorge foi maioral nesses estropícios. Desde moço. Até a hora da morte. Eu vi. Como disse, na madrugada vésp'ra do casamento o Jango Jorge saiu para ir buscar o enxoval da filha.

Passou o dia; passou a noite.

No outro dia, que era o do casamento, até de tarde, nada.

Havia na casa uma gentama convidada; da vila, vizinhos, os padrinhos, autoridades, moçada.

Havia de se dançar três dias!... Corria o amargo e copinhos de licor de butiá.

Roncavam cordeonas no fogão, violas na ramada, uma caixa de música na sala.

Quase ao entrar do sol a mesa estava posta, vergando ao peso dos pratos enfeitados.

A dona da casa, por certo traquejada nessas bolandinas do marido, estava sossegada, ao menos ao parecer.

Às vezes mandava um dos filhos ver se o pai aparecia, na volta da estrada, encoberta por uma restinga fechada de arvoredo.

Surdiu dum quarto o noivo, todo no trinque, de colarinho duro e casaco de rabo. Houve caçoadas, ditérios, elogios.

Só faltava a noiva; mas essa não podia aparecer, por falta do seu vestido branco, dos seus sapatos brancos, do seu véu branco, das suas flores de laranjeira, que o pai fora buscar e ainda não trouxera.

As moças riam-se; as senhoras velhas cochichavam.

Entardeceu.

Nisto correu voz que a noiva estava chorando: fizemos uma algazarra e ela – tão boazinha! – veio à porta do quarto, bem penteada, ainda num vestidinho de chita de andar em casa, e pôs-se a rir pra nós, pra mostrar que estava contente.

A rir, sim, rindo na boca, mas também a chorar lágrimas grandes, que rolavam devagar dos olhos pestanudos...

E rindo e chorando estava, sem saber porque... sem saber porquê, rindo e chorando, quando alguém gritou do terreiro:

– Aí vem o Jango Jorge, com mais gente!... Foi um vozerio geral; a moça porém ficou, como estava, no quadro da porta, rindo e chorando, cada vez menos sem saber porquê... pois o pai estava chegando e o seu vestido branco, o seu véu, as suas flores de noiva...

Era já fusco-fusco. Pegaram a acender as luzes.

E nesse mesmo tempo parava no terreiro a comitiva; mas num silêncio, tudo.

E o mesmo silêncio foi fechando todas as bocas e abrindo todos os olhos.

Então vimos os da comitiva descerem de um cavalo o corpo entregue de um homem, ainda de pala enfiado... Ninguém perguntou nada, ninguém informou de nada; todos entenderam tudo...; que a festa estava acabada e a tristeza começada... Levou-se o corpo pra sala da mesa, para o sofá enjeitado, que ia ser o trono dos noivos. Então um dos chegados disse:

– A guarda nos deu em cima... tomou os cargueiros... E mataram o capitão, porque ele avançou sozinho pra mula ponteira e suspendeu um pacote que vinha solto... e ainda o amarrou no corpo... Aí foi que o crivaram de bala.... parado... Os ordinários!... Tivemos que brigar, pra tomar o corpo!

A sia-dona mãe da noiva levantou o balandrau do Jango Jorge e desamarrou o embrulho; e abriu-o.

Era o vestido branco da filha, os sapatos brancos, o véu branco, as flores de laranjeira...

Tudo numa plastada de sangue... tudo manchado de vermelho, toda a alvura daquelas cousas bonitas como que bordada de cobrado, num padrão esquisito, de feitios estrambólicos... como flores de cardo solferim esmagadas a casco de bagual!...

Então rompeu o choro na casa toda.

JOGO DE OSSO

– Pois olhe: eu já vi jogar-se uma mulher num tira de taba. Foi uma parada que custou vida… mas foi jogada!

Um pouco pra fora da Vila, na volta da estrada, metida na sombra dumas figueiras velhas ficava a vendola do Arranhão; era um bochinche mui arrebentado, e o dono era um sujeito alarifaço, cá pra mim, desertor, meio espanhol meio gringo, mas mui jeitoso para qualquer arreglo que cheirasse à plata...

Mui destravado da língua e ao mesmo tempo rezador, sempre se santiguando e olhando por baixo, como porco, tudo pra ele era negócio: comprava roubos, trocava cousas, emprestava pra jogo, com usura, e sempre se atrapalhava para menos, no troco dos pagamentos.

Às vezes armava umas carreiritas, que se corriam numa cancha dumas três quadras que ele mesmo tinha arranjado a um lado do potreiro; então conchavava algum gringo tocador de realejo e estava preparado o divertimento. O que ele queria era gente, peonada, andantes, vagabundos, carreteiros, para poder vender canha e comida e doces; e de noite facilitava umas mesas de primeira, de truco ou de sete-em-porta para tirar o cafife. Doutras ocasiões ajeitava umas dançarolas que alvorotavam o chinaredo da vizinhança.

Por este pano de amostra vancê vê o que seria aquele gavião.

Duma vez que ele tinha trançado umas carreiras, com duas ou três pencas de patacão, e se havia ajuntado algum povo, tudo gauchada leviana, choveu.

A chuvarada estragou a cancha, molhou as carpetas, atrapalhou tudo.

E a gente foi ganhando na venda, apinhoscou-se por debaixo das figueiras e no galpão.

Quando passou o aguaceiro e oriou o terreiro, deram alguns aficionados para jogar o osso.

Vancê sabe como é que se joga o osso?

Ansim:

Escolhe-se um chão parelho, nem duro, que faz saltar, nem mole, que acama, nem areento, que enterra o osso.

É sobre o firme macio, que convém. A cancha com uma braça de largura, chega, e três de comprimento; no meio bota-se uma raia de piola, amarrada em duas estaquinhas ou mesmo um risco no chão, serve; de cada cabeça da cancha é que o jogador atira, sobre a raia do centro: este atira daqui pra lá, o outro atira de lá pra cá.

O osso é a taba, que é o osso do garrão da rês vacum. O jogo é só de culo ou suerte.

Culo é quando a taba cai com o lado arredondado pra baixo: quem atira assim perde logo a parada. Suerte é quando o lado chato fica embaixo: ganha logo e sempre.

Quer dizer: quem atira culo perde, se é suerte ganha e logo arrasta a parada.

Ao lado da raia do meio fica o coimeiro que é o sujeito depositário da parada e que a entrega logo ao ganhador. O coimeiro também é que tira o barato – para o pulpeiro. Quase sempre é algum aldragante velho e sem-vergonha, dizedor de graças.

E um jogo brabo, pois não é?

Pois há gente que se amarra o dia inteiro nessa cachaça, e parada a parada envida tudo: os bolivianos, os arreios, o cavalo, o poncho, as esporas. O facão nem a pistola, isso, sim, nenhum aficionado joga; os fala-verdade é que têm de garantir a retirada do perdedor sem debocheira dos ganhadores... e, cuidado… muito cuidado com o gaúcho que saiu da cancha do osso de marca quente!...

Pois dessa feita se acolheraram a jogar a taba o Osoro e o Chico Ruivo.

O Osoro era um moreno mui milongueiro, compositor de parelheiros e meio aruá; andava sempre metido pelos ranchos contando histórias às mulheres e tomando mate de parceria com elas.

O Chico era domador e morava de agregado num rincão da estância das Palmas; e vivia com uma piguancha bem jeitosa, chamada Lalica.

Nesse dia Unha vindo com ela ao festo do Arranhão. Enquanto os dois jogavam, a morocha andava lá por dentro, com as outras, saracoteando.

Havia violas; havia tocadores; a farra ia indo quente. E os dois, jogando. O Chico perdia uma em cima da outra.

– Culo! Outra vez?... Má raios!...

– Suerte, chê! Ganhei! repetia o Osoro.

– Jogo-te o tostado, aperado, valeu? Topo! E culo!... Isto é mau olhado dalgum roncolho mirone!... E relanceou os olhos pelos vedores, esperando que algum comprasse a camorra; ninguém se picou.

– Jogo o teu ruano contra as duas tambeiras da Lalica!

– E pouco, Chico!... Ainda se fosse a dona!...

– Osoro, não brinca!... Pois olha; jogo!

– O ruano?

– O mano contra a Lalica! Assim como assim, esta china já está me enfarando!...

– Pois topo! Os mirones se entreolharam, boquejando, alguns; eles bem viam que o gaúcho estava sem liga, que já tinha perdido tudo, o dinheiro, o cavalo, as botas, um rebenque com argolão de prata; e agora, o outro, o Osoro, para completar o carcheio, ainda tinha topado a última parada, que era a china... A cousa ia ser tirana; correu logo voz; em roda dos dois amontoou-se a gente. O Osoro atirou, e deu suerte... O Ruivo atirou, e deu suerte...

Ora, não deu gosto! disse um.

– Outra mão! disse o outro. E o Ruivo atirou: culo! O Osoro atirou: suerte!

– Ganhei, aparceiro!

– Pois toma conta, ermão!

– Tu é que tens de fazer a entrega...

– Não tem veremos... Trato é trato!... Já ia querendo anoitecer.

O que se passou entre aquelas três criaturas, não sei; se juntaram num canto do balcão da venda e falaram. Por certo que o Chico Ruivo disse à china que a jogara numa parada de taba; o Osoro só disse uma vez:

– Eu, se perdesse o ruano, o Chico já ia daqui montado nele...

A Lalica deu uma risadinha amarela; olhou o Osoro, olhou o Chico Ruivo, cuspiu de nojo e disse pra este, na cara:

Sempre és muito baixo!..., guampudo, por gosto!...

Olha, guincha, que te grudo as chilenas!...

Ixe! Este, agora, é que me encilha, retalhado!...

Nisto um violeiro pegou a rufar uma dança chorada; umas parelhas pegaram a se menear no compasso da música e logo o Osoro, para cortar aquele aperto, travou do pulso da morocha, passou-lhe o braço na cinta e quase levantando-a no ar entrou na roda dos dançadores; o Ruivo ficou quieto, mas de goela seca e nos olhos com uma luz diferente.

Na primeira volta, quando o par passou por ele, a china ia dizendo mui derretida:

–Quando quiseres, meu negro...

Na segunda volta, como num despique, ela tornou a boquejar pro Osoro:

– Eu vou na tua garupa...

E na outra, a china vinha calada, mas com a cabeça deitada no peito do par, olhando terneira pra ele, com uma luz de riso, os beiços encolhidos, como armando uma promessa de boquinha; e o Osoro se esqueceu do mundo... e colou na boca da tentação um beijo gordo, demorado, cheio de desaforo...

O Chico Ruivo teve um estremeção e deu um urro entupido, arrancou do facão e atirou o braço pra diante, numa cegueira de raiva, que só enxerga bem o que quer matar...

E vai, como pegou o Osoro pela esquerda, do lado, meio por detrás, por debaixo da paleta, o facão saiu no rumo certo e foi bandear a Lalica meio de lado, sobre a esquerda da frente.

Vancê compr'ende? Do mesmo talho varou os dois corações, espetou-os no mesmo feno, matou-os da mesma morte, fazendo os dois sangues, num de cada peito, correrem juntos num só derrame... que foi lastrando pelo chão duro, de cupim socado, lastrando... até os dois corpos baterem na parede, sempre abraçados, talvez mais abraçados, e depois tombarem por cima do balcão, onde estava encostado o tocador, que parou um rasgado bonito e ficou olhando fixe para aquela parelha de dançarmos morrentes e farristas ainda!...

Levantou-se uma berraçada.

– Matou! Foi o Chico Ruivo!... Amarra! Cerca!... Mas o Ruivo parece que voltou a si; coriscou o facão aos dois lados e atropelou a porta, ganhou o terreiro e se foi ao palanque onde estava o ruano do Osoro: montou e gritou pra os que ficavam:

– Siga o baile!... E deu de rédea, no escuro da noite. O Arranhão acudiu ao berzabum; aquele safado, curtido na ciganagem, só soube dizer:

Pois é... jogaram o osso, armaram a sua paranda... mas nenhum pagou nada ao coimeiro!... Que trastes!...

O DUELO DOS FARRAPOS

Já um ror de vezes tenho dito – e provo – que fui ordenança do meu general Bento Gonçalves.

Este caso que vou contar pegou o começo no fim de 42, no Alegrete e foi acabar num 27 de fevereiro, daí dois anos, nas pontas do Sarandi, pras bandas e já pertinho de Santana.

Foi assim. Tenho que contar pelo miúdo, pra se entender bem. Em agosto de 42, o general, que era o presidente da República Rio-Grandense – vancê desculpe... estou velho, mas inté hoje, quando falo na República dos Farrapos, tiro o meu chapéu!... – o general fez um papel, que chamavam-lhe – decreto – mandando ordens pr'uma eleição grande, para deputados; estes tais é que iam combinar as leis novas e cuidar de outras cousas que andavam meio à matroca, por causa da guerra.

Em setembro houve a eleição; em outubro já se sabia quem eram os macotas votados, que eram quase todos os torenas que andavam na coxilha. O jornal do governo deu uma relação deles e dos votos que tiveram, que eu sabia, mas já esqueci.

Por sinal que esse jornal chamava-se – Americano – e tinha na frente um versinho que saía sempre escrito e publicado e que era assim, se bem me lembro:

"Pela Pátria viver, morrer por ela;
Guerra fazer ao despotismo insano;
A virtude seguir, calcar o vício;
Eis o dever de um livre Americano"

Em novembro, os deputados, que eram trinta e seis, mas que só se apresentaram vinte e dois, juntaram se em assembleia; em dezembro, logo no dia um, foi então a cerimônia principal.

O general foi em pessoa, como presidente, com a ministrada, os comandantes de corpos e outros topetudos, e aí fez uma – Fala – muito sisuda e compassada, que todos escuitaram quietos, só sacudindo a cabeça, como quem dizia que era mesmo como o general estava lendo no escrito.

Uê!... e que pensa vancê?... Estava tudo na estica, sim senhor: fardas novas, bainhas de espada, alumiando; redingotes verdes ou azuis com botões amarelos, padres com as suas batinas saidinhas; um estadão! E famílias, muita moçada fachuda, povaréu, e até uma música. Eu e o outro ordenança, os dois, mui anchos, de gandola cobrada.

Por esse entrementes, no Estado Oriental, andava gangolina grossa entre Oribe e Rivera, que eram os dois que queriam o penacho de manda-tudo. Volta e meia as partidas deles se pechavam e sempre havia entrevero.

Ah! se vancê visse a indiada daquele tempo... cada gadelhudo... Ah! bom!...

Mas, como quera, onde se encontrasse, a nossa gente entropilhava-se bem com a deles. E mesmo era ordem dos sup'riores.

Quando íamos mal da vida, já pelas caronas, nos bandeávamos para o outro lado da linha; lá se churrasqueava, fazia-se uma volteada de potrada e voltávamos à carga, folheiritos no mais!

O barão Caxias, que era o maioral dos caramurus, mordia-se com estas gauchadas.

Mas tanto Oribe como Rivera nos codilhavam quando podiam, porquanto faziam também suas fosquinhas aos legais... apertavam o laço pra nós, mas afrouxavam a ilhapa pra eles...

Vancê entende?... Pau de dois bicos!...

– Mas, vá vancê escuitando.

Rabo de saia é sempre precipício pros homens...

Não vá vancê cuidar que no caso andou mulher botando fungu no coração de ninguém, não, senhor; a cousa foi muito outra, de alrifage...

Naquele novembro de 42, quando os deputados foram-se ajuntando, de um a um, vindos de todos os rumos da província da República e havia na vila do Alegrete movimento de comitivas e piquetes, um dia, já à boquinha da noite, chegou uma carreta de campanha, mui bem toldada, com boiada gorda, e escoltada por um acompanhamento grande, de gente bem montada e armada.

Chegou o combói e parou em meio da praça; e logo o que vinha de vaqueano cortou-se e foi apresentar o passe e outros papéis; e foi dizendo que a pessoa que vinha na caneta era uma senhora-dona viúva, que trazia ofício pra o governo e que era sobre uns gados que haviam sido arrebanhados e cavalhadas, e prejuízos e tal, e mais uma conversa por este teor e com mais voltas que um laço grande enrodilhado...

Foi isso o que correu logo no redepente da curiosidade.

Papéis foram que a tal dona trazia, que logo o general mandou chamar os deputados e os ministros e depois se trancaram todos numa sala grande; e depois despachou um capitão para ir buscar a figurona.

E ela veio; e mal que chegou o general veio à porta, fez um rapapé rasgado e foi com ela pra tal sala onde estavam os outros.

Se era linda a beldade!... Sim, senhor, dum gaúcho de gosto alçar na garupa e depois jurar que era Deus na terra!.

E destorcida, e bem-falante; e olhava pra gente, como o sol olha pra água: atravessando!

Dentro da sala, fechada, ia um vozerio dos homens; depois serenava; parece que eles estavam mussitando; e a voz da dona repenicava, hablando un castellano de mi flor!

Lá pelas tantas levantaram o ajuntamento; o mesmo capitão foi levar a dona. E de manhã, nem carreta, nem boiada nem comitiva apareceram mais.

Depois é que vim ao conhecimento que aquela figurona tinha vindo de emissária.

Rivera era mais valente; Oribe era mais sorro: mas, os dois, matreiraços!...

Agora, qual dos dois, pra disfarçar dos caramurus o chasque, mandou, em vez dum homem, aquela vivaracha, qual dos dois foi, não pude sondar.

Era assunto encapotado...

Depois desse dia começou a haver um zunzum mui manhoso contra o general.

Não sei se era inveja, ou intrigas ou queixas ou ganas que alguns lhe tinham. As cousas foram-se parando embrulhadas na tal assembleia e uma feita, não sei por que chicos pleitos o general e o coronel Onofre Pires tiveram um desaguisado; o general deu as costas, num pouco caso e o coronel saiu, num rompante, batendo forte os saltos dos botins.

Em 43 houve outra arrancada braba, foi quando mataram um Paulino Fontoura, que era um pesado. Houve outro bate-barbas entre o general e o coronel Onofre, que era mui esquentado e cosquilhoso.

Mas logo os chefes todos se desparramaram, porque o barão Caxias andava na estrada, levantando polvadeira.

E brigou-se!

Em S. Gabriel, na Vacaria, em Ponche Verde, no Rincão dos Touros. O governo tinha saído do Alegrete e estava outra vez em Piratinim; aí por perto peleou-se, e no Arroio Grande, em Jaguarão, nas Missões, sobre o Quaraim, em Canguçu, em Pai Passo.

Que ano que bebeu sangue, esse!

E quando o exército se amontoou todo, pra lá do Ibicuí e depois foi estendendo marcha, houve um conelho grande de oficiais; e aí se falou outra vez na emissária, a fulana, aquela da carreta, no Alegrete. Aí, então, os dois galões-largos se contrapontearam outra vez.

A gente como eu é bicho bruto e os graúdos não dão confiança de explicar as cousas, por isso é que eu não sei muitas delas: tenência não me faltava; mas como é que eu ia saber as de adentro dos segredos?...

Já sobre o Garupá – vancê não conhece? são os campos mais bonitos do mundo! – aí os homens se cartearam.

Então já era o ano 44.

O coronel escreveu barbaridades; o general respondeu com aquele jeito dele, sisudo.

E quando foi no dia 27 de fevereiro o general me chamou e mandou que eu fosse levando pela rédea, para a restinga, os dois cavalos que estavam atados debaixo dum espinilho; era um picaço grande e um cobrado.

Fui andando; lá longe ia descendo um vulto, atrás de mim vinha outro.

E devagarinho, como quem vai mui descansado da sua vida, os dois.

Ah! esqueci de dizer a vancê que atravessado debaixo da sobrecincha de cada flete, vinha uma espada.

Reparando, vi que as duas eram iguais, de copo fechado e folha grande, das espadas de roca, que só mesmo pulso de homem podia florear.

E quando parei e os dois vultos se chegaram, conheci que eram o meu general e o coronel Onofre.

E desarmados...

Mas como chegaram, cada um despiu a farda, que botou em cima dos pelegos e desembainhou a espada que vinha.

O cobrado era do coronel; o picaço, do general.

Então o general deu ordem:

– Espera aí, com os cavalos! E o coronel também:

– Bombeia; se chegar alguém, assobia! E rodearam a restinga, para o outro lado. Então é que entendi a marosca: eles iam tirar uma tora, dessas que não se fira duas vezes entre os mesmos ferros... Maneei os mancarrões e com um olho no padre, outro na missa, por entre as ramas da restinga, fui espiar a peleia.

Estavam já, frente a frente, de corpo quadrado. O sol dava a meio, para os dois. O general Bento Gonçalves era sacudido no jogo da espada preta; meneava o ferro, que chispava na luz, como uma fita de espelho; o coronel Onofre parava os botes e respondia no tempo, mas com tanta força que a espada assobiava no coriscar.

Nisto o general pulou pra trás, fincou a espada no chão e pegou a tirar o tacão da bota, que se despregara.

O coronel encruzou os braços, e a espada dele ficou dependurada da mão, como dum prego.

Pra um que quisesse aproveitar... Mas qual... aqueles não eram gente disso, não?

E cruzaram, de novo. Em cima da minha cabeça um sabiá pegou a cantar... e era tão desconchavado aquele canto que chora no coração da gente, com aqueles talhos que cortavam o ar, que eu, que já tinha lanhado muito cristão caramuru, eu mesmo, fiquei, sem saber como, com os olhos nos peleadores, os ouvidos no sabiá, mas o pensamento andejando... nos pagos, no meu padrinho, no Jesu-Cristo do oratório da minha mãe...

Os ferros iam tinindo, E nisto, o coronel deu um ah! – furioso, caiu-lhe da mão a espada... e a sangueira coloreou pelo braço abaixo, desarmado, entregue!...

Pra um que quisesse aproveitar... Mas qual! aqueles não eram gente disso, não!

O general tornou a cravar a espada na terra e veio ao ferido com bom jeito.

Pegou o braço, viu o ferimento; e com um lenço grande que levantou do chão, do lado do chapéu, atilhou o talho para estancar o sangue.

O outro, calado, nem gemia.

Depois o general tornou a pegar da espada, fez uma inclinação de cabeça ao coronel e caminhou pra cá...

Foi o quanto eu me atirei pra trás e me acoc'rei perto dos cavalos.

Vestiu a farda, embainhou a espada e montou. Então me disse:

– Agora vem gente, que eu vou mandar. Não te movas daí, antes. E deu de rédea, a galope, para o acampamento. E no silêncio que ficou, só ficou balançando no ar o canto do sabiá, na restinga: do outro lado, o sangue do coronel, pingando nos capins; deste lado, eu, sabendo, mas não podendo me intrometer...

– Agora veja vancê se não foi mesmo o fungu daquela tal dona – emissária dum dos dois sorros castelhanos – que veio transtornar tanta amizade dos farrapos?...

Ela só não pôde foi mudar o preceito de honra deles: brigavam, de morte, mas como guascas de lei: leais, sempre!

Pois não viu, naquelas duas vezes?... Pra um que quisesse aproveitar...

E creia vancê, que lhe rezei este rosário sem falha duma conta, apesar de já sentir a memória mais esburacada que poncho de calavera... Pois faz tanto ano!...

PENAR DE VELHO

– Conheci, sim, sr., o Binga Cruz, desde assinzinho...

Guri levado da casqueira!...

E teve um fim que nunca se soube... Pobrezinho... Andaria nos doze anos. Filho único.

O pai dele, o velho, recebeu de regalo um bagual picaço sãozito das quatro patas, sem uma basteira; e de rédea, um pensamento. E era mesmo para o andar dele.

Pois, amigo, se lhe conto!...

Um dia, dezembro, sol de rachar, com trovoada armada, andara o guri ninhando numas restingas que havia sobre o fundo da roça, por detrás das casas. O chapéu estava já abarrotado de ovos de tico-tico, de alma-de-gato, de corruíras, canarinhos, sabiás...; era um entrevero bonito de cores e feitios diferentes.

De calcita arregaçada, mui espinhado nas canelas e nos braços, o rosto vermelho e a cabeça ardendo, o diabinho ainda gateava um ninho de tesouras, quando, do outro lado da cerca, ouviu o assobio das avestruzes, pastando.

Ouviu, e fura daqui, fura dali, varou a cerca para dar fé, bem à sua vontade.

Entre a roça e um braço de banhado, que havia, formava-se uma rinconada mui boa para volteada: e foi nisso que o guri pensou. As avestruzes seriam umas oito e uma tropilha de filhotes, já emplumaditos.

Não se conteve, o miúdo: pulou para o lado de fora, perto da bandada, e já correu sobre ela, de braços abertos, aos pulos, aos gritos: os bichos se arrolharam, assustados, mas logo o macho do bando ponteou para o rincão e tudo acompanhou.

Era o que o guri esperava mesmo; ele queria, de por força, pegar uma, viva; mas só laçando...

Foi quando lhe coriscou na ideia bancar-se no bagual picaço, do velho...

Se estava tão delgado e lindo.., aquilo seria só amagar o corpo, chupar no beiço e rebolear o laço... Nem era tento! Num – vá! – era avestruz a cabresto!

E correndo para o galpão, enfrenou o pingo, atirou-lhe um pelego no lombo, passou a mão no seu lacito e se foi a arriba!

Espiou para os lados e mui de manso, a passo, saiu, sobre a cacimba, a encobrir-se numa reboleira de chorões, que fazia uma sombra fresca, onde as galinhas se rebolcavam, arrepiando as penas, assoleadas.

Mas tudo isto levou seu tempo, de maneira que quando ele chegou ao rincão já as avestruzes haviam-se atirado no banhado e bandeado; apenas, por descuidada ou mais esfomeada, apenas uma se deixou ficar e agora não atinava com a passagem, e quando o Binga, gineteando, deu em cima dela, então é que o bicho ficou mesmo atarantado, e começou a gambetear zonzo, na enrascada.

O guri se esqueceu do mundo!

Tocava o picaço em cima do nhandu e atirava o laço... o bicho negaceava, e o laçador errava o tiro... E vá outro, e outro... mas errando sempre, só de apurado!

Mas nisto o nhandu deu com a boca do rincão, viu o campo largo, e fazendo umas gambetas fortes, esparramando as asas, por fim aprumou o corpo e cravou a unha, num trotão galopeado, de comer quadras!...

Mas o rapazinho estava encanzinado: levantou o picaço no freio e bateu de trás!

Amigo! Que disparada! Por tacuruzais e buracama de tuco-tuco, por cima das panelas de caranguejo, por lançantes de coxilhas e moles das canhadas, salvando sangas e arrancando no barral das lagoas, tudo era várzea lisa para aquela alminha de gaúcho!

Despistada pela perseguição, a avestruz corria à toa. Corria. Depois foi mermando; e foi afrouxando, até que se enredou numas macegas e caiu numa cova de touro. E conforme caiu, já o guri estava-lhe em cima, atracado com ela, passando-lhe o laço, maneando-a, vencedor, afinal!

E respirou, aliviado; olhou o campo, silencioso, viu a casa lá longe, branqueando no verde do arvoredo.

Como diabo ia ele levar a caça, aquela?... E quando estava botando as suas contas, o nhandu deu em patear, a se revirar todo e mal apanhou livre uma perna, priscou e se foi a la cria, deixando o caçador no ora-veja!...

Aí o Binga fez um jeito de choro de raiva, e mui desconsolado montou de novamente.

E voltou para casa, a passo, porque o picaço vinha meio estaqueado, de quartos duros.

Com mil cuidados, aproveitando ainda a hora da sesta tornou a meter o flete no galpão e mui concho da sua vida foi para dentro, pedir à mãe – uma santa senhora, aquela dona! – pedir uma tigela de coalhada, pra refrescar.

Na manhã seguinte o picaço apareceu esticado na estrebaria: derreteu a graxa dos rins; morreu arreganhado.

O velho ficou buzina!... Quem foi, quem não foi...; afinal o próprio Binga, meio de orelha murcha mas decidido, relatou a criançada, tintim por tintim.

Aí o velho andou mal... ali no mais, à vista da peonada, quis sovar o filho... e quando o guri viu o rabo de tatu no ar... quebrou o corpo, disparou e de vereda encarapitou-se num matungo que estava de piquete, encilhado, e abriu campo fora, sem rumo certo, ao deus-dará... Debalde o velho gritou-lhe – Pára aí, menino! Pára aí, menino!

Qual! No peito do gauchinho não cabia a vergonha daquele guascaço do rabo de tatu, que caía-lhe em cima, se ele não foge...

A sia-dona não viu nada deste passo; andava lá pra dentro, nos seus arranjos.

Passou o tempo.

Nunca mais houve notícias do menino.

Campeou-se pelo vizindário, saíram chasques a vários rumos e... nada!

O velho foi descuidando das lavouras; já não ia ao rodeio nem montava a cavalo; nas marcações ficava na porteira da mangueira, calado; pitava muito e passava os dias passeando na quinta, na rua das laranjeiras, de chapéu nos olhos e de mãos atrás das costas.

A peonada já nem podia arranhar nas violas, porque o velho se enquizilava e mandava logo um piazito dizer lá fora que não queria bochinchadas em casa.

Outras vezes dava-lhe para arranjar alguma trança prendia a lonca e começava a tirar os tentos... e de repente parava, suspirava... e torcia a mão, cortando ou fazendo entradas no couro, e afinal picava tudo e não fazia nada, nem um botão, nem um passador qualquer, de cacaracá...

Ou ficava horas e horas, com os olhos perdidos naqueles descampados... olhando, olhando sempre, mas sem ver nada... nem as pontas de gado nem os mesmos andantes, que às vezes chegavam, pedindo pousada...

A velhita, essa, então, dava lástima a gente se fixar nela...

Não se riu, nunca mais, aquela senhora-dona. Chorar eu não vi: mas devia de chorar muito, porque quando vinha pra mesa servir os hospes, trazia sempre os olhos vermelhos e algo inchados.

Ajuntou num canto da sala todas as cousas do Binga; os aperos, o laço: umas tamanquinhas já gastas; um carretão de brinquedos, enfiadas de ovos, uma chuspa cheia de pelotas de barro, argolas e ossinhos de mocotós; enfim não sei quantas mais bobages de criança.., mas que tocavam no coração quando a gente pensava que o doninho andava por esse mundo, de gaudério e teatino... como cachorro chimarrão, comendo de esmola algum soquete ordinário e tinindo de frio, sem ao menos um bichará esburacado...

E sempre buenaça; mal chegava um andante, mandava logo um piá levar-lhe um mate, e ainda, à noite, água para os pés; e de manhã, quando a gente ia agradecer a pousada, lá vinha um naco de queijo ou meia vara de linguiça, para fiambre, e outro amargo, pra o estribo...

Quem sabia do caso até nem falava nele... era tão penaroso o sofrer daqueles velhos, que não diziam nada, que a gente entendia tudo...

E não havia hospe que tivesse comido daquela mesa ou dormido naquele teto, que não desejasse ser ele que pudesse um dia topar o guri desguaritado e trazê-lo, para o colo que esperava sempre e que rezava sempre ao Nosso Senhor Jesus Cristo, que, sendo Deus, morreu perto da sua mãe...

A velhita finou-se primeiro, e de pura pena foi por certo.

O vizindário em peso acudiu ao velório; o enterro se fez na vila.

Pois desde a estância até o cemitério – umas quantas léguas – o caixão veio sempre à mão. Mas não pesava nada. Também – pobrezinha! – que pecados podia ela ter?...

E quando foi a hora de o corpo cair na cova, que cada um atirou um punhado de terra, e que as crianças quase todas suas afilhadas – e as mulheres desataram num pranto de choro e até o coveiro se entreparou atristado, aí vi mais de um gaúcho colmilhudo manoteando nas lágrimas que dos olhos lhes caíam, grandes e claras, como as gotas d'água que caem do cartucho dos caetés...

Meses depois o velho seguiu o mesmo caminho de nós todos; mas antes de morrer, engambelado por um padre gringo que apareceu aqui pelos pagos, lá fez uns papéis… e papéis foram que tudo o que era dele passou para missas e outros engrólios que ninguém sabia o que eram. Nem um tambeiro saiu para um afilhado!…

Os parentes meteram demanda… foi um arranca-rabo que durou anos...

E enquanto isso... vancê sabe o que é casa sem dono!...

O Binga... quem sabe lá. o que foi feito dele, por esse mundo de Deus, tão grande!...

Cuê-pucha!... Eu desejava que ele aparecesse, só por causa do padre gringo!... Que sumanta o guri lhe não havia de encostar!...

E... por Deus e um patacão!... Eu dava as guascas e ainda ajudava a atar!... Ora se não!...

JUCA GUERRA

– Vancê leu ontem no jornal aquele caso do sujeito que atirou-se à água da beira da praia para salvar um fulano que estava-se afogando... quando no aperto chegou um boteiro que levantou os dois… não foi assim?... E o tal ainda ganhou uma medalha do governo, pela grande áfrica!...

'Stá direito, não digo que não, que afinal ele ao menos sempre se lembrou de acudir a uma criatura de Deus; mas, lá quanto à nombrada, hum!... nem por isso!

Olhe, mais, então, merecia o Juquinha Guerra.

Eu conto, conto; vá assuntando.

O Juca Guerra foi muito meu conhecido, desde guri. Já morreu, coitado, e morreu numa tristura…

Veja vancê!... Um gaúcho daqueles... destorcido, bonzão!...

Aquilo, era pra ficar na coxilha, picado de espada, rachado de lançaços, mas não pra morrer como foi, aperreado em cima da cama, o corpo besuntado de unturas e a garganta entupida de melados e pozinhos dos doutores!…

Pobre de mim!... 'stou vendo que hei de morrer do mesmo jeito, como um pisa-flores da cidade, como bicho de galinheiro!.

Moreno, alto, delgado; olho preto; nariz, de homem mandador; mãos e pés de moça; tinha força como quatro; bailarino, alegre, campeiraço; e o coração devia ser-lhe mui grande, devia encher-me o peito todo, de bom que era.

Dessa feita houve rodeio na estância do Pavão; a estância era na costa de dois rios; e tem muitos albardões com mato, que eram a querência da gadaria xucra. Mas, pra chegar lá, havia que atravessar um santafezal cerrado, tiririca, atoleiros, juncais; um banhado brabo; lá dentro é que a gadaria alçada vivia misturada com os galheiros e os capinchos e os ratões.

A gritos, a tiro e a cachorro tinha-se conseguido tocar como umas pra mais de três mil reses.

Nem lhe falo nas cousas divertidas do serviço, como rodadas, algum matungo riscado de aspa de brasino, as compadradas da peonada e outras que sempre alegram um campeiro.

E mal que cerrou o rodeio a gente mudou de cavalos, churrasqueou em pé mesmo e começou-se logo a apartar a tourada. E que torunas! Cada bicho pesado, criado na pura grama vermelha, ligeiros como gatos, e malevas, de acompanharem o laço, quase cabresteando!...

Pois, foi um destes, que um moço chamado Tandão Lopes laçou... e laçou mal, de meia espalda: o touro bufou, e depois do tido já se lhe veio em cima... O moço estava mui bem montado; o pingo era de patas, porém apenas rocim, mui cosquilhoso; os arreios já vinham mal e com o tirão a cincha correu toda pras virilhas... Virge' Mãe!...

O bagual agachou-se a velhaquear, e, pra pior ainda, em volta, enredando-se no laço, frouxo; o moço – ginetaço! – fechou as chilenas e meneou o rebenque, de chapéu do lado, numa pabulagem temerária, de guasca que só a Deus, respeita!

Foi nesse apuro, que o touro carregou, e veio, de língua de fora, berrando surdo... e entreparado, baixou a cabeça, retesando o cogote largo e ia a levantar a guampada, quando, meio maneado no laço e ladeado por um sofrenaço de pulso, o bagual planchou-se... e o moço Tandão ficou também aí caído, preso pela perna, exposto, entregue... O touro recuou um pouco, escarvou, meio dançando, retesou os lagartos, numa fúria de força e fez a menção...

A campeirada olhava, parada, vendo a desgraça vir...

Mas nisto, justo, justo quando o touro, balanceando no ar, pareceu dar o pulo da carga, o Juca Guerra esteve-lhe em cima! Em cima!

Foi como o trovão e logo o raio..., pois como um raio o gaúcho carregou e atirou a montaria contra o touro!

Oigalê! Pechada macota!

O tostado arrebentou as duas paletas na encontrada e caiu, sacudindo a cola, os olhos chispeando, de beiço enrugado e subido, de dor... Caiu, mas o touro, também.

E tanto que atirou o seu pingaço, de pechada feita – e certo de o escangalhar – contra o touro, escorregou pela garupa, e enquanto os dois brutos se batiam e enovelavam, o Juca já aliviava o companheiro, que apenas livre, pulou para o cupinudo, ainda meio azonzado do trompaço, manoteou-lhe nas aspas e torceu-lhe a cabeça, que cravou no chão, num pronto! O bicho pataleava, puxando a respiração forte, que ondulava, no arredondado da barriga.

Aqueles, sim, eram dois torenas que se valiam!

Só então é que os vedores acudiram... mas foi para aguentarem uma tirana de sotretas! comedores de carne! maulas! vasilhas! capões!... e outros rebencaços de língua, desses que a gente esparrama quando está de marca quente...

E no meio daquele bolo de campeiros, sobre as macegas pisadas, do lado do touro arquejando e do cavalo gemente, os dois homens se abraçaram e beijaram-se, chamando-se irmãos; e assim juntos chegaram-se para o cavalo tostado, quebrado dos encontros... fizeram-lhe umas festas de puro mimo e tristeza... e enquanto o Juca, com a sua própria mão sangrava o seu confiança, o moço Tandão abraçava a cabeça inteligente do flete... Correu o sangue, em borbotão; e quando, esvaido, o tostado afrouxou a força e a respiração e o garbo, e foi descaindo e ia a tombar, de vez, os lado, ampararam-lhe a cabeça... como se fosse uma criança dormilona, deitaram-na brandamente sobre os capins, – pro caso – sobre o pé malmequer branco, ramalhudo, que florejava ali, como num propósito.

Coitado do flete!

Mas como deixá-lo viver, assim, arrebentado? Para vê-lo morrer de dores, inchado, com fome e com sede... e antes disso serem-lhe os olhos vazados pelos urubus... e os buracos deles, ainda vivos, virarem toca das varejas? !... Não! Um gaúcho de alma não abandona assim o seu cavalo: antes mata-o, como amigo que não emporcalha o seu amigo!

Vancê assuntou bem no conto?

Ora, agora, vamos ao fim; o que merecia, de prêmio, o Juca Guerra?

Qual o mais valente? o tal fulano, da beira da praia, ou este da beira. .. da morte certa?

ARTIGOS DE FÉ DO GAÚCHO

Muita gente anda no mundo sem saber pra quê: vivem porque vêem os outros viverem. Alguns aprendem à sua custa, quase sempre já tarde pra um proveito melhor. Eu sou desses. Pra não suceder assim a vancê, eu vou ensinar-lhe o que os doutores nunca hão de ensinar-lhe por mais que queimem as pestanas deletreando nos seus livrões. Vancê note na sua livreta:

1º. Não cries guaxo: mas cria perto do teu olhar o potrilho pro teu andar.

2º. Doma tu mesmo o teu bagual: não enfrenes na lua nova, que fica babão; não arrendes na miguante, que te sai lerdo.

3º. Não guasqueies sem precisão nem grites sem ocasião: e sempre que puderes passa-lhe a mão.

4º. Se és maturrango e chasque de namorado, mancas o teu cavalo, mas chegas; se fores chasque de vida ou morte, matas o teu cavalo e talvez não chegues.

5º. A maior pressa é a que se faz devagar.

6º. Se tens viajada larga não faças pular o teu cavalo; sai ao tranco até o primeiro suor secar; depois ao trote até o segundo; dá-lhe um alce sem terceiro e terás cavalo para o dia inteiro.

7º. Se queres engordar o teu cavalo tira-lhe um pêlo da testa todas as vezes da ração.

8º. Fala ao teu cavalo como se fosse a gente.

9º. Não te fies em tobiano, nem bragado, nem melado; pra água, tordilho; pra muito, tapado; mas pra tudo, tostado.

10º. Se topares um andante com os anelos às costas, pergunta-lhe – onde ficou o baio?...

11º. Mulher, arma e cavalo do andar, nada de emprestar.

12º. Mulher, de bom gênio; faca, de bom corte; cavalo de boa boca; onça, de bom peso.

13º. Mulher sardenta e cavalo passarinheiro... alerta, companheiro!...

14º. Se correres eguada xucra, grita; mas com os homens, apresilha a língua.

15º. Quando dois brincam de mão, o diabo cospe vermelho...

16º. Cavalo de olho de porco, cachorro calado e homem de fala fina... sempre de relancina...

17º. Não te apotres, que domadores não faltam...

18º. Na guerra não há esse que nunca ouviu as esporas cantarem de grilo...

19º. Teima, mas não apostes; recebe, e depois assenta; assenta, e depois paga...

20º. Quando 'stiveres pra embrabecer, conta três vezes os botões da tua roupa...

21º. Quando falares com homem, olha-lhe para os olhos, quando falares com mulher, olha-lhe para a boca... e saberás como te haver...

....

Que foi?

Ah! quebrou-se a ponta do lápis?

Amanhã vancê escreve o resto: olhe que dá para encher um par de tarcas!...

BATENDO ORELHA!...

Nasceu o potrilho, lindo e gordo, filho de égua boa leiteira, crioula de campo de lei. O guri era mimoso, dormindo em cama limpa e comendo em mesa farta. Já de sobreano fizeram uma recolhida grande, sentaram-lhe uns pealos, apertaram-no pelas orelhas e pela cola e a marca em brasa chiou-lhe na picanha. Andaria nos oito anos quando meteram-lhe nas mãos a cartilha das letras e o mestre-régio começou a indicar-lhe as unhas, de palmatoadas.

O potrilho couceou, na marca. O menino meteu fios de cabelo nos olhos da santa-luzia...

Em potranco acompanhava a manada e retouçava com as potrancas, sem mal nenhum.

O rapazinho rezava o terço e brincava de esconder com as meninas... o que custou-lhe uma sapeca de vara de marmeleiro.

Quando o potrilho foi-se enfeitando para repontar, o pastor velho meteu-lhe os cascos e mais, a dente, botou-o campo fora: fosse rufiar lá longe!...

O gurizote, já taludo, quis passar-se de mais com uma prima...; o tio deu-lhe um chá-de-casca-de-vaca, que saiu cinza e fedeu a rato!...

O potro andava corrido, farejando... Mas nem uma petiça arrastadeira d'água e poronguda, achou, para consolo da vida. Té que o caparam.

O mocito, que era pimpão, foi mandado incorporar. Sentaram-lhe a farda no lombo.

Mal sarou da ferida o potro foi pegado: corcoveou, berrou; quebraram-lhe a boca a tirões, dividiram-lhe a barriga com a cincha; quis planchar-se, e lanharam-lhe as virilhas a rebenque e as paletas a roseta de espora. Tiraram-lhe as cócegas... Ficou redomão.

O recruta marcou passo, horas, pra aprender; entrou na forma; aguentou descomposturas; deu umas bofetadas num cabo e gurniu solitária e guarda dobrada, por quinze dias. Cortaram-lhe os cabelos à escovinha e ficou apontado. Era o faxineiro do esquadrão.

Houve uns apuros de precisão... O rocim foi vendido em lote, para o regimento.

Tocou a reunir: era uma ordem de marcha, urgente. O faxineiro recebeu lança, espadão e tercerola.

Quando a cavalhada chegou o primeiro serviço dos sargentos foi assinalar os novos; era simples e ligeiro: um talho de faca na orelha, rachando-a. Bagual assim, virava reiuno.

Quando tocou o bota-sela, o faxineiro estava na porteira, de buçal na mão, esperando a vez. O laçador laçava, chamava a praça e esta enfrenava... e cada um roia o osso que lhe tocava.

– Chê! Enfrena!... Foi o reiuno que caiu pro recruta.

Aí se juntaram os dois parecidos, o bicho e o homem. E a sorte levou os dois, de parceria, pelo tempo adiante. Curtiram fome, juntos, cada um, do seu comer, E sede. E frio. E cansaço, mataduras e manqueiras; cheiros de pólvora e respingos de sangue, barulho de músicas, tronar grosso e pipoquear, nas guerrilhas.

E de saúde, assim, assim... Um teve sarnagem, o outro apanhou muquiranas; se um batia a mutuca, o outro caçava as pulgas.

Quando, no verão, o reiuno pelechava, também o faxineiro deixava de sofrer dores de dentes.

Passados anos o mancarrão já nem engordava mais, e todo ovado estava. O fiscal do regimento, sem uma palavra de – Deus te pague – mandou vendê-lo em leilão, como um cisco da estrebaria. Um carroceiro comprou-o, por patacão e meio, com as ferraduras.

Passados anos o praça aquele teve baixa, por incapaz, com o bofe em petição de miséria; e saiu da fileira sem mais família e sem saber oficio. Saiu com cinco patacas, de resto do soldo, e sem o capote. Foi então ser carregador de esquina.

O reiuno apanhava do carroceiro, como boi ladrão!

O carregador levava dos fregueses descompostura, de criar bicho!

O reiuno deu em empacar.

O carregador pegou a traguear.

O carroceiro um dia, furioso, meteu o cabo do relho entre as orelhas do empacador e... matou-o.

A polícia uma noite prendeu o borrachão, que resistiu, entonado; apanhou estouros... e foi para o hospital, golfando sangue; e esticou o molambo.

O engraçado é que há gente que se julga muito superior aos reiunos; e sabe lá quanto reiuno inveja a sorte da gente...

O "MENININHO" DO PRESÉPIO

– Olhe! Aí está uni peão do major Vieira; jogo o pescoço se ele não traz invite pra ir lá, hoje, festejar o Natal, na estância!...

Eu sei!... Aquele é gauchão buenaço!

Eu, se fosse o patrãozinho, ia. Ia, só pra ver o que é uma gente de devoção.

E é que o seu major Vieira não era assim, não; pro caso que ele, em moço, até que era um virado, da gente se benzer três vezes!

O major Vieira quando era cadete haraganeava muito pela rancheria dos postos.

A estância era grande, e entre agregados e posteiros havia um povaréu; o patrão velho, pai dele, era mui esmoleiro e não gostava de, perto dele, ver ninguém com cara de fome.

Mas o diacho era que o que o velho fazia com as mãos o cadete desmanchava coos pés...

O mocito era abusador, e mais duma feita saiu ventando de certos ranchos daqueles pagos... Sim, que um pai cria uma filha não é pra carniça de gaudério!.. Por isso é que já os antigos inventaram o casamento.

A divisa da estância, no fundo, faz uma quebrada forte, assim como o cotovelo do meu braço; nesta ponta aqui, onde está a minha mão, fica o Lagoão das Lontras, e mais pra cá passa a estrada real.

Em certos tempos a gadaria pegava a costear o lagoão e andando, andando, entrava na estrada e... adeus!

Assim perdeu-se numa primavera uma ponta de novilhos que se evaporaram como sereno...

Foi um estafaréu, na estância, por causa disto; o patrão velho ficou buzina com o capataz, que relaxou os repontes, e quase mandou lonquear um certo Miguelão, que passava todo o santo dia lagarteando na reserva do rancho, e de noite nunca parava em casa...

Parece que eu estou lhe enredando o rastro, mas não 'Stou, não; vancê escuite.

É que este Miguelão não era trigo limpo; e tinha uma filha que era uma criatura boa como uma santa, morocha linda como uma princesa. E vai, o desgraçado obrigou a menina a casar-se com um sujeito sem eira nem beira, e que diziam à boca pequena que era parceiro nas velhacadas do Miguelão.

Era um mais que mouro, e meio corcunda, e tinha um lanho grande entre a orelha e a nuca; e mal encarado, era.

Amigo! A quincha dos ranchos esconde tanta cousa como os telhados dos ricos!...

Marido e mulher davam assim uma ideia esquisita: vancê já reparou quando abre um cacho de flor num jerivá velho, de casca esbranquiçada, cheio de talos secos pendurados e um que outro pendão esfiapado, que já deu coquinhos?...

O jerivá é uma árv'e tristonha, mas quando bota um cacho de flor fica alegre, de enfeitada, Aquele pendão amarelo, lá em cima, chama os olhos da gente, parece um favo de cera, de tão limpo e dourado; chama as mandaçaias, os passarinhos, os mangangás, as joaninhas; dá cheiro que é doce; é uma boniteza pra todos os viventes.

Assim era aquele casal: ele como o jerivá velho, ela como um cacho de flor,

Ela chamava-se nhã Velinda: e chorava muito, às vezes.

Por quê? Quem sabe lá…

Depois daquele sumiço dos novilhos, o cadete Vieira passou a recorrer o campo por aquelas bandas; a bolear avestruzes por aquelas várzeas; a correr veados por aqueles meios; a caçar mulitas naquela costa; e até numa noite de breu arranjou uma perdida ... 'magine! mais vaqueano que sono! ... mas perdida foi que soube rumbear sobre o rancho do Miguelão...

Cousas de rapaz; que a nhã Velinda, essa, era de confiança.

Lá porque era moça, quase uma criança perto do marido, lá por isso não era motivo pra qualquer um chegar-se de buçalete em mão, como se faz pra uma redomona, pra amanusear-lbe desde a tábua do pescoço até as ancas...

Mas o cadete gostava da moça numa paixão de verdade, diferente de quantas cavaleiradas estava avezado a fazer.

Era uma adoração, quase um medo de ofender a querida do seu coração; perdia a voz pra falar com ela, enredava-se nas esporas, perdia o entono de todo o seu jeito, e todo ele vivia só nos olhos quando atentava na formosura do seu rosto.

Entrementes foi acabando o ano e já era sobre o Natal.

E vai a família do patrão velho armou um presépio na sala grande da estância; e ele mesmo mandou avisar o vizindário todo que a sia-dona convidava para se cantar um terço de festa, na noite santa.

E veio tudo, velhada e crianças, moçada, namorados, e até alguns andantes, que estavam de pouso, ficaram, todos, pra louvar a Deus na noite mais pequena do ano.

O cadete andava no meio do povo caçoísta, dançarino e pisa-flores, mas no que chegou a gente do Miguelão, já se foi pondo como um céu amontoado, emburrado, de dar nas vistas.

Houve jantarola e doçaria, na sombra das figueiras.

Escureceu; a sala grande estava fechada, e as moças da estância lá dentro, preparando as luminárias; enquanto o velho e a sia-dona pauteavam com a gente sisuda, embaixo da ramada grande, em frente da casa, a gurizada corria na pega dos vaga-lumes, rodando por cima dos cachorros ou fazendo provas de burlantins, nos cabeçalhos das canetas; do galpão vinha o zunzum da peonada; na sombra do campo não se via nada, mas de lá vinham relinchos e mugidos, cracrás das corujas e uais!.. dos graxains.

E no ar, como uma cerração que não se via, andava o fartum dos churrascos.

Por um segredo do destino a sia-dona mandou o cadete ver se as luminárias estavam ou não prendidas; e vai, o moço, no entrar a porta, topou de cara a cara com a nhã Velinda que saia, justamente para vir chamar os donos da casa; toparam-se as criaturas e miraram-se, num clarão que só elas viram...

As mãos se encontraram... e num de repente, num silêncio, num tirão das suas almas, na pressa e no lusco-fusco, perto da gentama, numa relancina de corisco, as duas bocas famintas se encontraram… e um beijo, um beijo que jurou pelos dois, para toda a vida, um beijo só derrubou todas as negaças, como uma represa de açude aluída é derrubada por uma muita descida de águas...

Vê vancê, a gente sabe falar, dizer muitas enredices adocicadas, mas às vezes a palavra nem dá pra partir… e caladito no mais, um simples beijo, largado de tronco, chega ao laço, folheirito, de rebenque alçado!

Pobres! Nesse passo cruzou na mesma porta o Miguelão e bispou o caso, e decerto já lo foi xeretear ao genro, e atossicá-lo, suscitando-lhe maldades...

Mas logo escancararam as janelas e a claridade da sala alumiou o terreiro; foi um alarido de contentamento, todos se ajuntaram e a sia-dona, puxando a ponta, entrou, para principiar o rosário. E aquele bandão de gente entrou e foi-se acomodando, olhando com ar de riso pasmado, toda só dizendo: o presépio! o presépio! o presépio!

Fazia a modo uma ramada no alto de uns cerritos, e fingindo grotas e sangões e umas reboleiras; havia esparramados uns "alimais" entre boizinhos e ovelhas de brinquedo e outros enfeites; e mais uns figurões mui calamistrados, de coroa, que pareciam reis, e, pro caso, um, que era negro retinto, era o mais empacholado. E perto destes, sobre a ponta do presépio, estava então a Senhora Virgem e o Senhor São José, e entre eles, acamado numas palhinhas de milhã e uns musgos e umas penugens, estava o Menininho Jesus, ruivito e rosado, nuzinho em pelo, pro caso como uma criancinha que não tem pecado por mostrar as vergonhinhas do seu corpinho de inocente.

Todos se ajoelharam de roda, mas foi nessa ponta do presépio que a nhã Velinda ajoelhou-se; e no costado dela, como um precipício ou um encorrentado, aí amoitou-se o cadete Vieira, talvez até para dar o seu peito em resguardo dalgum perigo...

Não lhe conto nada!... Quando pegou a cantoria do rosário e no cantante da reza a gente se foi enquartelando e emparelhando as vozes, que era uma boniteza de ouvir, por aí os olhos dela estavam como amarrotados no presépio, mas os olhos dele estavam no rosto dela, como se ai estivesse o próprio presépio, com as suas velinhas e prateados e bichinhos mimosos...; era até um pecado do inferno, aquela maneira de adorar gente, ali assim, nas barbas dos santos e da Senhora Virgem e do seu Menino!...

Mas porém, lá da porta, outro olhar, raiado de sangue, estava vendo tudo; por certo que alguma loucura de cabeça atacou aquele cristão velho, porque, num soflagrante, sem um deus-te-salve!– o aflito aquele meneou os passos, derrubando gente, e logo o facão relampeou na direitura do coração de nhã Velinda!...

Houve um grito d'espanto pro mode o desaforo do desatinado.

– Jesus!... foi o grito de todas as bocas.

Ah! patrãozinho!... Olhe que às vezes, na luz das velas bentas, se passam cousas de deixar um golpeado qualquer mais, mais aplastado que mancarão reiuno em mão de recruta...

Quando a ponta do ferro matador estava a uma mão atravessada... a quatro dedos só da carne macia, aí– credo! louvado seja Deus!– aí rolou da sua caminha de milhã... rolou e caiu no boleado do seio da moça, na canhadita dos dois, caiu no regaço de nhã Velinda o Menininho Jesus, como uma defesa... e aí no regaço delicado ficou, como um dono na sua casa...

E o facão matador sentou, tironeado... depois recuando, "minuindo", caiu mermado, mal seguro na mão sem força, do braço sem vontade, e o cuerudo aquele deu costas e se botou porta fora e o Miguelão com ele, boquejando.

Tempos depois se soube que lo mataram, num entrevero, numa bochinchada de carreiras.

Jerivá torto não dá ripa!...

Os velhos lá ouviram do cadete e de nhã Velinda o que havia, e lá arrumaram as cousas.

O que le conto é que o seu major Vieira, ainda em cadete, se casou com a nhã Velinda, e que aquele tal Menininho Jesus ainda hoje é o figurão do oratório e é o mesmíssimo do presépio que, bá mais de cinquenta anos, se arma sempre na estância, no festo do Natal.

– Não lhe parece que houve um milagre? Claro! Foi por causa do Menininho que... Se o diabinho é tão milagroso!...